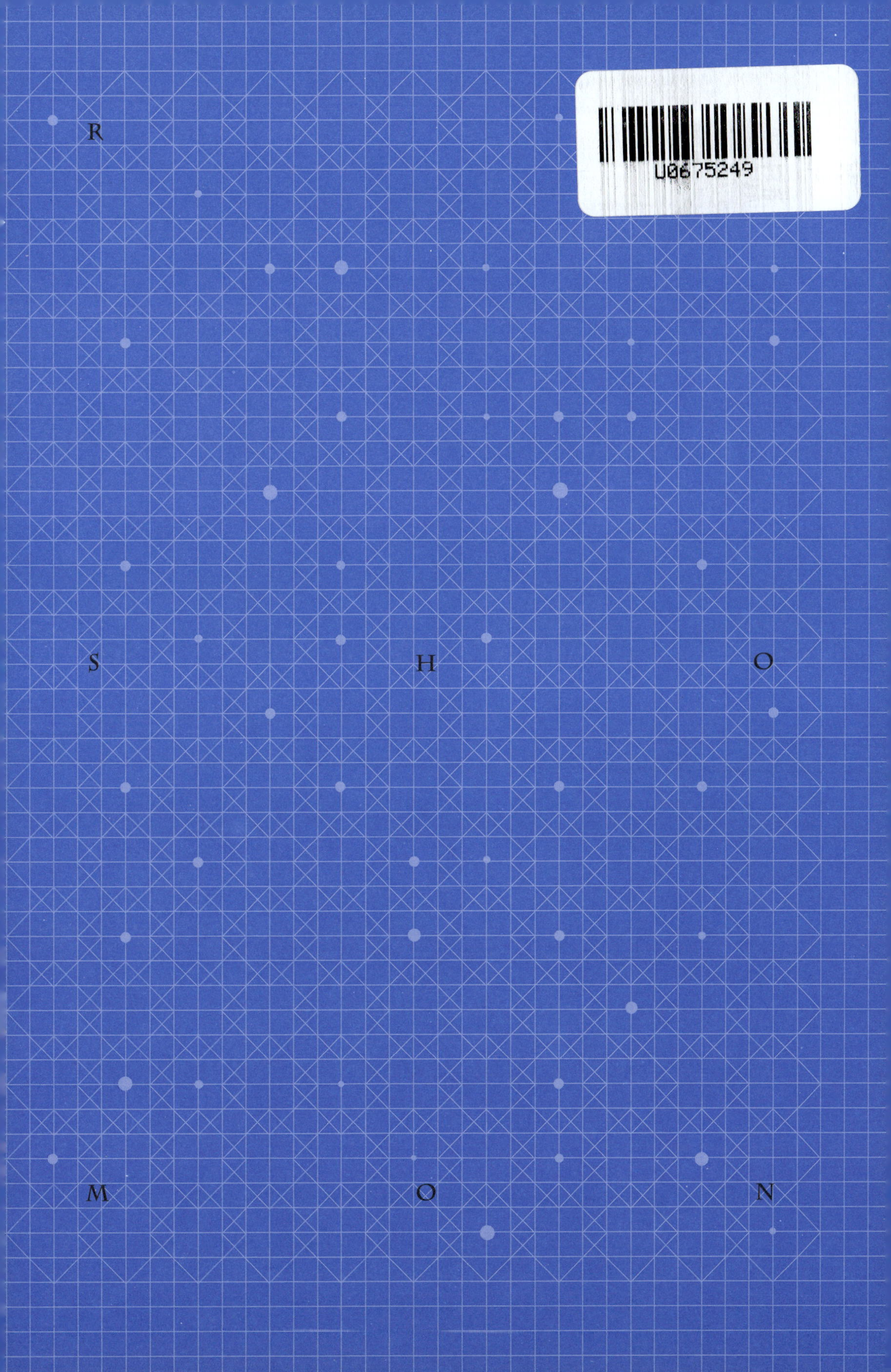
U0675249
R
S H O
M O N

R
A
S
H
O
M
O
N

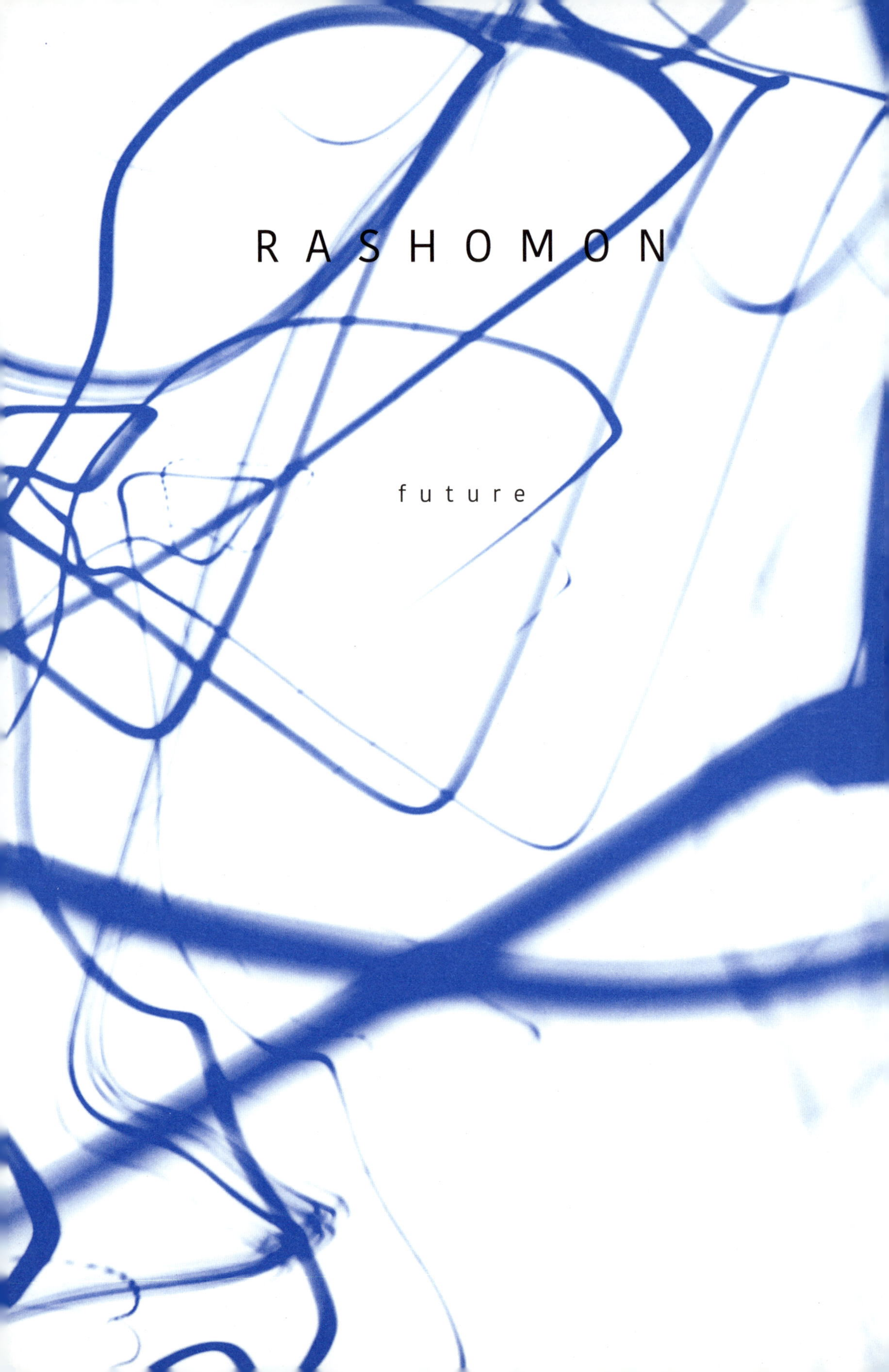
RASHOMON
future

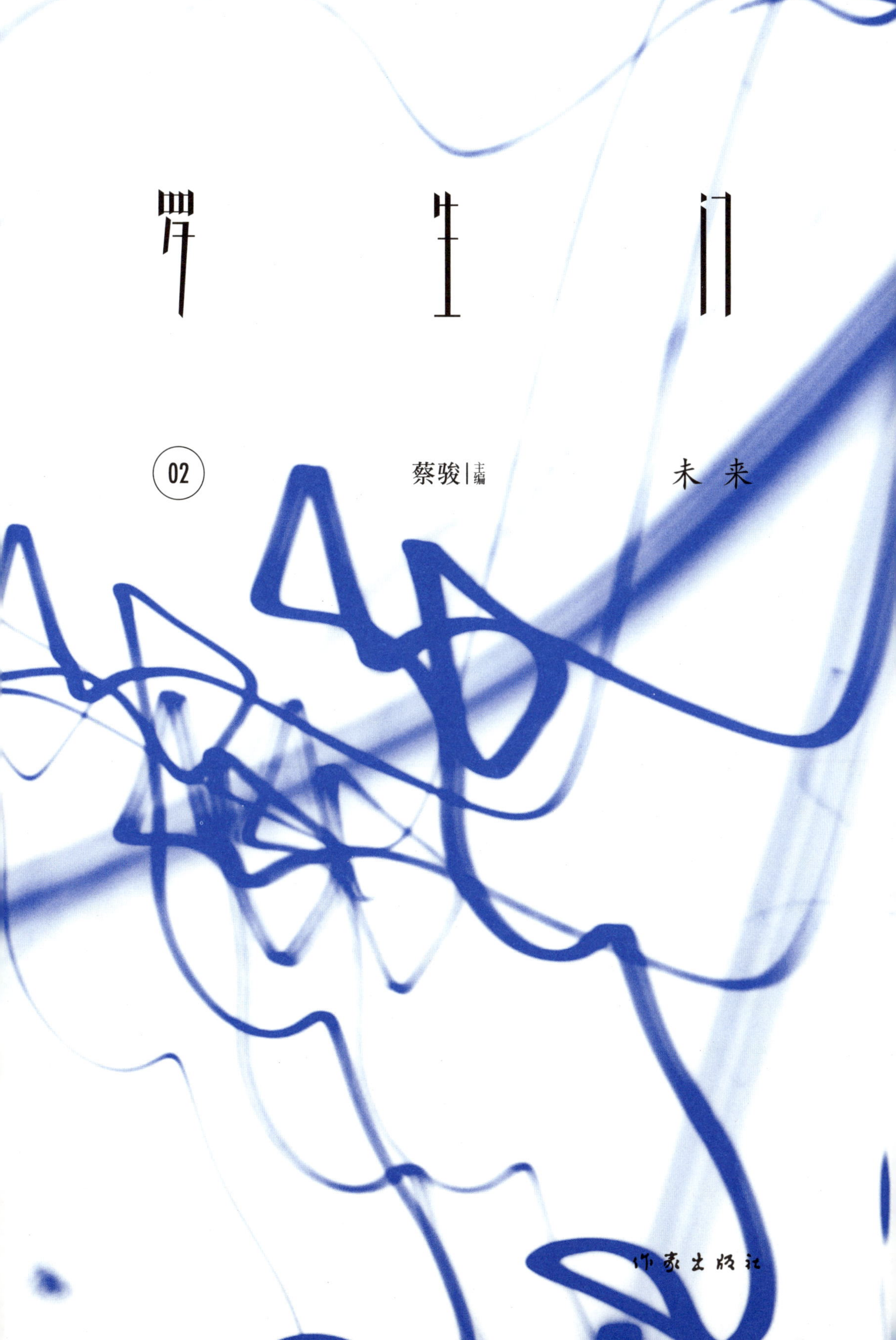

罗生门
02
蔡骏 主编
未来
作家出版社

罗生门
未来

目录

CONTENTS

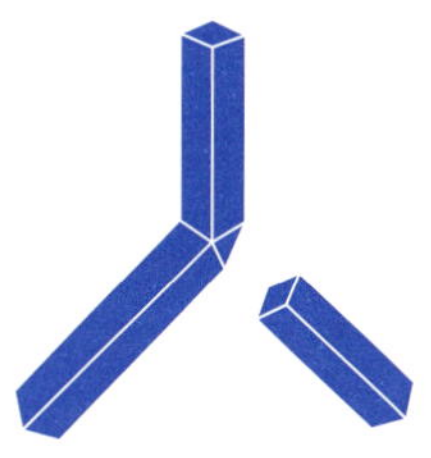

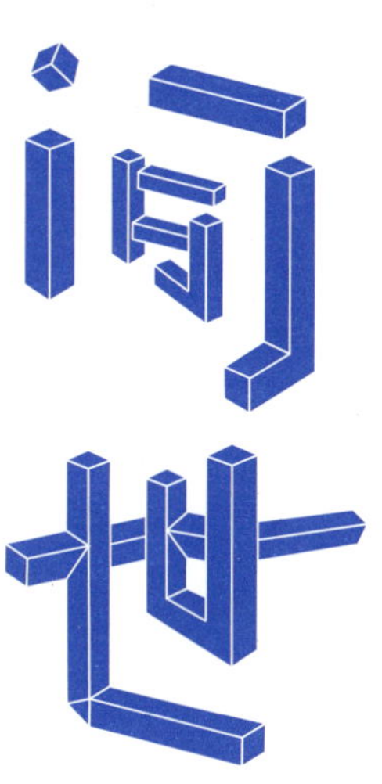

谈异录

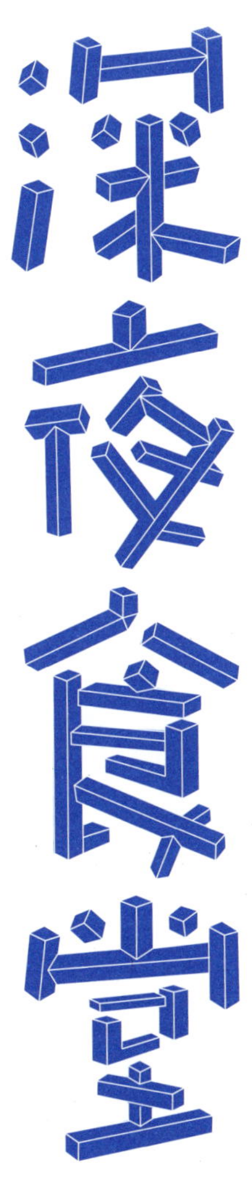
深夜食堂

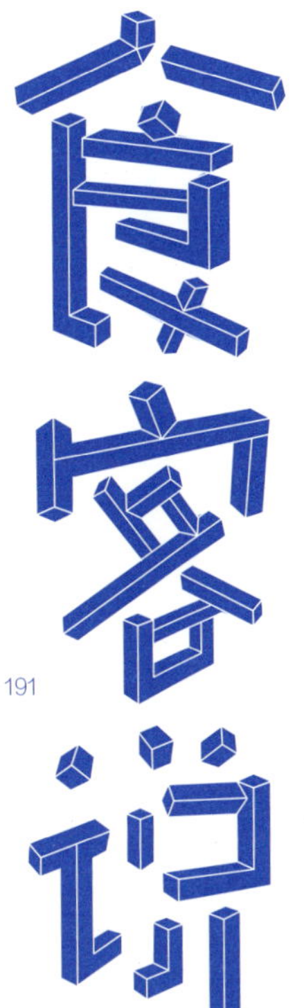
食客说

主编导读

已知的未来

蔡骏 / 文

小时候，我读过的第一本小说是《海底两万里》。在我阅读这本书的年代，尚处于“冷战”的最后阶段。两个超级大国的潜艇，仍然游弋在地球上的任何一片海底。任何一方揿下按钮，都足以毁灭整个地球不止一遍。对于儒勒·凡尔纳而言，这是名副其实的“未来”，远远超出了 19 世纪作家们的想象。虽然在《海底两万里》出版的年代，人类已经有了潜艇，当时尚是极度危险的“水下棺材”，曾在南北战争当中损失惨重。本书描述的时代背景，也并非 20 世纪或 21 世纪，更像是如今流行的“近未来”故事。但从海水中提炼钠来发电作为潜艇动力，至今仍未成为一项成熟技术。也许儒勒·凡尔纳对未来唯一实质性的影响，就是人类第一艘核动力潜艇被命名为“鹦鹉螺号”。

《海底两万里》在普法战争与巴黎公社之前连载，那是法国动荡与革命的年代。十年后，第三共和国正在舔着伤口，儒勒·凡尔纳开始连载《一个中国人在中国的遭遇》。很遗憾这部作品写的中国人和中国几乎完全走样了，毕竟作者从未到过中国，对中国的了解完全来自二手资料。儒勒·凡尔纳笔下的中国就像某个幻想中的世界，比如主人公金福所定居的半殖民地上海，就像改编自菲利普·迪克的《银翼杀手》中的洛杉矶，呈现出东西合璧光怪陆离的感觉。顺便说一声，《银翼杀手》的 2019 年虽然也是未来，但已近在眼前（本篇导读写于 2018 年 2 月）。显然《银翼杀手》的未来实际上还很遥远，儒勒·凡尔纳的未来却已成为了过去时。

还是回到中国，回到上海。晚清上海医生陆士谔，在宣统二年（1910 年）做了个梦，醒来竟是宣统四十三年，西历 1951 年——中国实行君主立宪已 40 年，上海的外国租界早已收回，高楼鳞次栉比，空中翱翔无数飞艇，洋人见着中国人无不尊敬有加。万国博览会在繁华如曼哈顿的浦东举行，“把地中掘空，筑成了隧道，安放了铁轨，日夜点着电灯，电车就在里头飞行不绝”。“一座很大的铁桥，跨着黄浦，直筑到对岸浦东。”中国海军在吴淞口大阅兵，总吨位世界第一，光一等巡洋舰就有五十八艘。黄粱美梦醒后，他写了部幻想小说名为《新中国》——最吊诡的并非是万国博览会与黄浦江上的大铁桥（以上预言，陆士谔全都猜准了，只是迟到了大约半个世纪，比如 20 世纪 90 年代的南浦大桥与杨浦大桥，2010 年的上海世博会），而是“宣统四十三年”的惊人年号。众所周知，宣统是中国最后一个年号。宣统三年（1911 年）便是辛亥革命到清帝退位。袁世凯的“洪宪”可以不算，并未正式实行，宣统皇帝后来做了日本人傀儡的伪满洲皇帝的“康德”年号便更不能算了）。换句流行语就是“拉倒吧，朕的大清都亡了”。但写于宣统二年的《新中国》，显然并未预见到这个即将发生的未来。作者更不会想到“宣统四十三年”已是中华人民共和国的第三年，中国军队正在朝鲜半岛与“联合国军”血战，“宣统皇帝”刚结束在苏联的战犯生涯，回国被关押在旅顺战犯管理所。

宣统二年，已有许多中国人阅读过儒勒·凡尔纳的书，也出现了中国第一批科幻小说家。在他们笔下的未来，大体如此，无不热切盼望工业文明，就像郭沫若的新诗《笔立山头展望》的深情赞美——

黑沉沉的海湾，停泊着的轮船，进行着的轮船，数不尽的轮船，
一枝枝的烟筒都开着了朵黑色的牡丹呀！
哦哦，二十世纪的名花！
近代文明的严母呀！

谁承想在百年之后，“一枝枝的烟筒都开着了朵黑色的牡丹呀！”成为制造雾霾的罪魁祸首，无论中产阶级抑或普通民众都避之唯恐不及。“二十世纪的名花”是否已经凋零？我无从回答。那么我们今日所热衷的新科技“二十一世纪的名花”，是否也会在百年后甚至50年后成为我们所嫌弃的对象呢？

感谢刘慈欣、郝景芳、马亲王、哥舒意等大家为《罗生门·未来》撰稿，在他们的作品前头写导读，其实是有些小紧张的，就像如今的人类面对未来的小紧张。所以啊，我就借用本书里我的那篇《焚尸年代的爱情》中的一句话，来结束这篇导读——

你问过我，海的那边是什么？我才明白，那是未来。

蔡骏

2018年2月27日

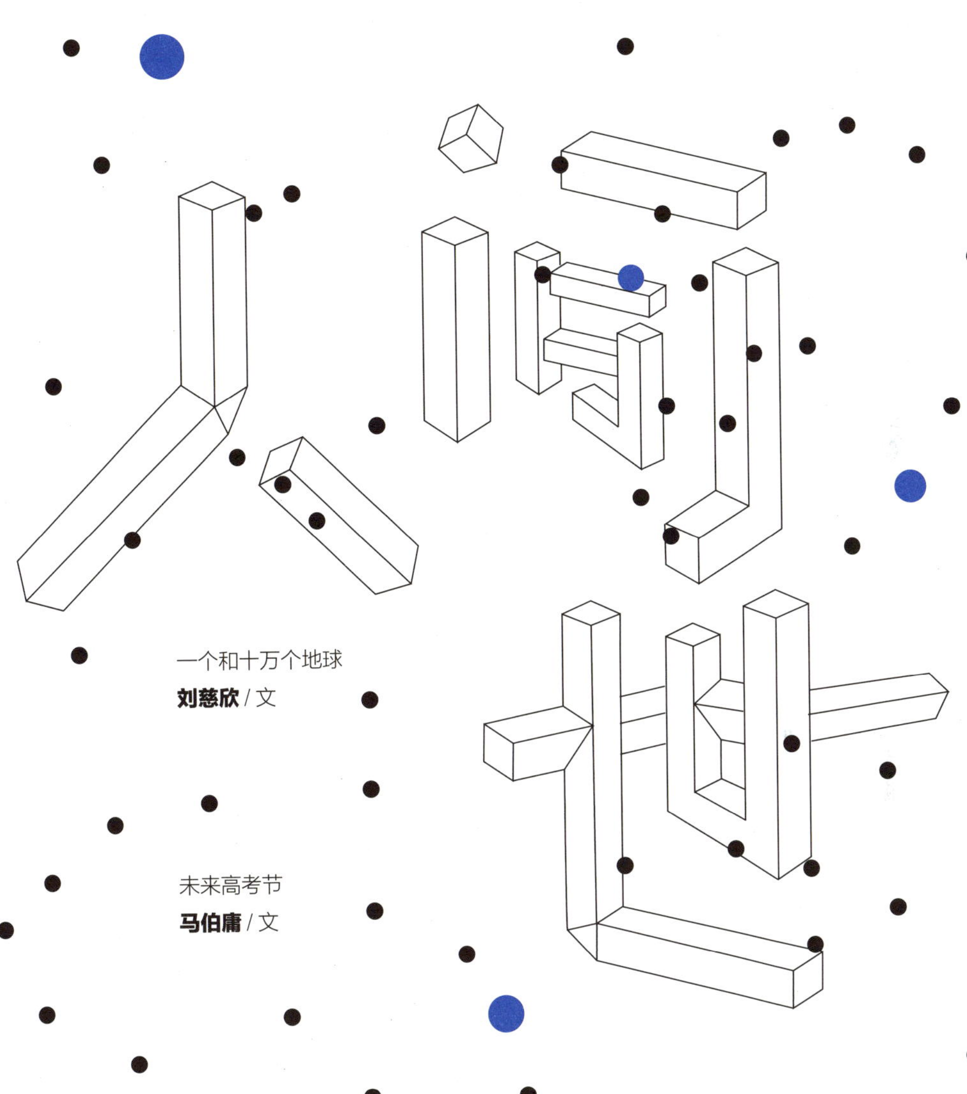

一个和十万个地球

刘慈欣 / 文

未来高考节

马伯庸 / 文

一个和十万个地球

刘慈欣／文

与其他动物相比，人类的婴儿是十分脆弱的，小马出生后10分钟就能自己直立行走，而人类的婴儿要在摇篮里待相当长的时间，这期间如果没有外界的悉心照顾，他们不可能生存下去，凭自己的力量，人永远无法走出摇篮。产生这种现象的原因是进化的需要，人的大脑体积较大，充分发育后则难以出生，只有提前生出来，也就是说，所有的人类婴儿都是早产儿。

如果把人类文明的整体看作一个婴儿的话，那么也是一个早产儿。文明的发展速度远快于自然的进化，人类实际上是用原始人的大脑和身体进入现代文明的。那么就有这样一个可怕的问题：如果没有外界的照顾，人类文明这个婴儿是否也永远无力走出自己的摇篮？

现在看来有这个可能。

在遥远的未来，当人们回顾20世纪中叶至今的历史时，这期间发生的所有惊天动地的大事都将被时间磨得平淡无奇，只有两件现在被我们忽视的事情将变得越来越重要：一、人类迈出了走出摇篮的第一步；二、人类又收回了迈出的脚步。这两件事的重要性怎样评价都不为过，加加林飞入太空的1961年可能代替耶稣诞生的那一年而成为人类元年，而阿波罗登月后太空探索的衰退，将给人类留下比被逐出伊甸园更惨痛的创伤。

20世纪50年代末至70年代初将被当作黄金时代而记忆，在发射第一颗人造卫星后仅三年多，第一名宇航员就进入太空，其后仅七年多，人类就登上了月球。当时，人们被远大的目标所激奋，认为再有十年左右人类将登上火星，而抵达木星轨道登上木卫二也不是遥远的事。早在这之前，就诞生了豪气冲天的猎户座计划，用不断爆炸的原子弹驱动飞船，可以一次将几十名宇航员送上外行星。

但很快，阿波罗登月因资金中断，取消了剩下的飞行。以后，人类的太空探索就像一块在地球重力场中抛起的石头，达到顶点短暂停留后急剧下坠。阿波罗十七号最后一次登月的1972年12月是一个重要的转折点，其后，虽然仍有空间站和航天飞机，有越来越多的各类人造卫星和它们所带来的经济效益，有飞向地外行星的探测器，但人类太空事业的性质已经悄然发生了改变，太空探索的目光由星空转向地面。阿波罗十七号之前的太空飞行是人类走出摇篮的努力，之后则是为了在摇篮中过得更舒适些。太空事业被纳入了经济轨道，产出必须大于投入，开拓的豪情代之以商人的精明，人类心中的翅膀折断了。

其实，回头看看，人类曾经真的想要走出摇篮吗？20世

纪中叶的太空探索热潮背后的驱动力是“冷战”，是对对手的恐惧和超越的愿望，是一种显示力量的政治广告，人类其实从来没有真心地把太空当作未来的家园。

现在，月球重新变成了没有人迹的荒凉世界，俄罗斯和美国的行星载人飞行计划先后变为泡影，欧洲探索太阳系的“曙光计划”也被搁置，看不到一点曙光。在航天飞机退役之后，曾经踏足月球的美国人甚至在相当长的时间里失去了把人送上近地轨道的能力。

为什么会这样，我们能想到的原因无非是技术和经济两方面。

首先看技术原因。不可否认，人类目前不具备在太阳系内进行大规模太空开发的技术。在太空航行最基本最关键的推进技术上，人类目前只处于化学推进阶段，而大规模行星际航行则需要核动力推进，目前的技术距此还有相当的距离，核动力的火箭和飞船还只是科幻小说中的东西。

再看经济原因。以现有的技术，把有效载荷送入近地轨道，耗资相当于同样重量的黄金；而送到月球和其他行星，所需资金则十倍甚至百倍增长，而在太空开发产业化之前，所有这些投入只得到很小的回报，比如阿波罗登月工程耗资 260 亿美元，相当于现在的 1000 多亿美元，只得到两吨多的月球石块（当然，登月工程的技术成果在其后的民用化过程中产生了巨大的效益，但这些效益无法量化，不可能作为决策时考虑的决定性因素）。

由上所述，太空开发无论在技术上还是在经济上都是巨大的冒险，把太空看作人类新的家园，把人类的未来寄托在这样一个大冒险上，这在政治上是无法被接受的。

以上的理由论据坚实，似乎不可辩驳，也就决定了目前人类的太空政策和其所导致的太空事业的衰落。

但让我们考察一下人类目前正在全力投入，并把其看作地球文明未来生存的唯一出路的一项宏大的事业：环境保护。

从技术层面上看，太空航行和环保在人们头脑中的色彩是不一样的，前者是剧烈的、高速的和冒险的，意味着尖端高技术；后者则是一种温和的绿色的公益活动，自然有技术在其中，但其难度在印象中与前者相差甚远。

但这只是印象而已，真实的情况是：要达到人类现有的环境保护的目标，所需的技术比起大规模行星际航行要难得多。

在认知层面上，要想保护环境首先要认识它，要从全球尺度上理解它的规律，而地球的生态系统是一个极其复杂的系统，虽然各学科对其细节有了巨量的研究和了解，但在全球的整体尺度上，目前人类无论从基础科学还是从应用科学层面上都没有掌握它的规律，对于天气系统的运行、大规模生物群落的变化和相互关系等，人类科学所能知道的都很有限。以全球变暖为例，与铺天盖地众口一词的宣传不同，地球气候是否真的在变暖？如果是，变暖是否与人类活动有关？对这两项至关重要的问题，科学研究目前都无定论，所以遏制全球变暖更像一项政治运动。可以毫不夸张地说：人类对地球表面，还不如对月球表面了解的多，可能很快，也不如对火星表面了解的多。

在行动层面上，目前环境保护所需要的技术，比如用可再生能源代替化石能源、对工业废物和城市垃圾的处理和循环使用，对生物多样性的保护、对森林植被的保护和恢复等，都涉及到复杂的技术，其中相当一部分不比太阳系内的行星际航行技术容易多少。

但环境保护在技术上的挑战主要还不在于此。现在，全球性的战争和动乱已经远去，人类社会进入持续的和平发展时期，特别是第三世界和不发达地区，发展的速度前所未有，这些高

速发展的区域有着同一个目标：达到西方发达国家的经济水平，过他们那样的现代化的舒适生活。现在看来，这并非一个遥不可及的目标，照目前的发展速度，只需半个世纪，大部分的不发达地区，包括中国和巴西这样的第三世界国家，在经济上就能够赶上西方。

但人们忽略了这样一个事实：如果全人类都像欧美发达国家那样生活，所消耗的资源需要四个半地球才够。

在这种情况下，如果要达到环境保护的最终目标，维持地球生态免于崩溃，制止目前正在发生的比白垩纪大灭绝速度更快的物种灭绝，仅靠自律来减少污染，仅靠节能减排是远远不够的，即使哥本哈根会议的全部目标都已实现，地球生态环境仍像冰洋上的泰坦尼克号一样在沉下去。

唯一的希望是停止发展。但发展是不可遏止的，在一些国家和地区的人们躺在现代文明舒适的躺椅上优哉游哉时，让地球上其余的部分停留在农业化社会的落后与贫穷中，这违反人类的基本价值观，在政治上也是完全不可行的。

再考察另外一种可能性：非人类因素带来的环境巨变。地球环境一直处于波动之中，只是人类文明史太短暂人们没能觉察而已。每一次波动中，地球环境整体都会发生巨变，可能变得完全不适合人类生存。比如，最近的一次冰期在一万年前才结束，如果那样的冰期再来一次，各大陆将被冰雪覆盖，现有的全球农业将崩溃，对拥有巨量人口的现代化社会而言将是灭顶之灾。而这样的环境巨变从长远看来几乎是必然要发生的，甚至有很大的可能就在不太遥远的未来出现，对这样的环境变化，现有的环保手段只是杯水车薪。

人类文明要想在人为的或自然的环境变化中长期生存下去，只能把环境保护行为由被动变主动，人工整体性地调整和改变地球环境。比如，缓解温室效应，人们提出了多种方案，包括在海洋上建立大量的巨型太阳能蒸发站，把海水蒸发后喷入高空以增加云量；在太阳和地球间的拉格朗日点，给地球建造一面面积达 300 万平方公里的遮阳伞等，这些工程无一不是史无前例的超级工程，其规模之大，如上帝的手笔，所涉及的技术也都是地地道道的在科幻中才有的超级技术，其难度远大于太阳系内的行星际航行。

除了技术上的难度，从经济层面上看环境保护，我们发现它与太空开发也十分相似：都需投入巨量的资金，在初期也都没有明显的经济回报。

但人类对环保的投入与对太空开发的投入相比，大得不成比例。以中国为例，“十二五”规划中计划投入环境保护的资金为三万多亿元人民币，但对太空探索，只计划投入 300 亿元人民币左右。世界其他国家的情况也相差不多。

太阳系中有着巨量的资源，在八大行星上，在小行星带中，人类生存和发展需要的资源，从水到金属到核聚变燃料，应有尽有，按地球可以最终养活 1000 亿人口计算，那么整个太阳系中的资源总量可以养活十万个地球的人口。

现在，我们看到了这样一个事实：人类放弃了太空中的十万个地球，只打算在这一个地球上生存下去，而他们生存的手段是环保，一项与太空开拓同样艰巨同样冒险的事业。

同环保一样，太空开发与技术进步是互动关系，太空开发会促进技术进步，阿波罗工程之前美国并不具备登月需要的技术，相当一部分技术是在工程的进行中开发的。核裂变技术在地球上已成为现实，实现太空核推进并不存在不可逾越的障碍；可控核聚变虽然还未实现，但只存在技术障碍而不是理论障碍。

我们要看到这样一个事实：40 多年前登月飞船上的导航

和控制计算机，其功能只相当于现在 iPhone4 的千分之一。

太空开拓与已经过去的大航海时代很相似，同样是远航到一片未知的世界，去开拓人类的生存空间，开拓一个更好的生活。大航海时代的开始是哥伦布发现新大陆，哥伦布的航行在当时得到了西班牙伊莎贝拉一世女王的支持（更确切地说是卡斯提亚尔王国的女王，当时独立的西班牙并不存在），女王自己也难以供起这支船队，据说她把自己的首饰都典当了，然后供给哥伦布远航。现在的事实证明，这是最明智的一笔风险投资，以至于有人说世界历史是从 1500 年开始的，因为到那个时候人们才知道整个世界的全貌。

现在，人类正处在第二次大航海时代的前夜。我们现在甚至比哥伦布要有利得多，因为哥伦布看不见他要找的新大陆，他在大西洋上航行了几天之后还没有见到陆地，这个时候他的内心肯定是充满了犹豫彷徨。而我们要探测的新世界抬头就能看到，但是现在没有人来出这笔钱。

也许，人类文明作为一个整体，就像人类的个体婴儿一样，在没有父母帮助的情况下，真的永远无法走出摇篮。

但从宇宙角度看，地球文明是没有父母的，人类是宇宙的孤儿，我们真的要好自为之了。

未来高考节

马伯庸／文

大家好，我是2408年的一位古代民俗学者，我的研究方向是20世纪末21世纪初的中国民俗。中国文化源远流长，民俗节日也特别多，比如重阳节、端午节、春节。这些节日距今已有数百年，历史资料残缺不全，如何研究这些古代民俗的内涵，如何使之受到重现，是许多学者致力的研究方向。我今天要给大家介绍的，是最新的学术成果，研究的课题在几百年前流行于神州大地的中华民族传统佳节之一——高考节。

高考节始于20世纪50年代，兴于70年代末。它是一个全国性的节日，每年的时间都不固定，但基本都会集中在6月。有学者宣称，古代高考节的起源是对知识之神的崇拜，人们在

这一天献出自己的孩子，向高考之神供奉祭品，祈祷人类知识传承永不断绝。古人对于高考节的热情前所未有，根据研究，几乎每个未成年人都要花上三年时间来筹备过节，而他们的直系亲属几乎也要花同样的时间。

高考节的最初动机和细节已经无法考证，但从神学框架进行考虑的话，可以推测出它基本上可以分为三个阶段。

第一阶段，静默仪式。高考节与其他中国传统佳节最大的不同是，它特别安静。可以这么说，高考节是中国最安静的一个节日。熟悉中国文化和民族性的人都知道，一个典型的中国节日，应该是热闹的，但高考节却不是这样。从高考节前三天开始，所有参与节日的人都变得特别安静，甚至不允许周围环境有一点噪声，唯恐这样会触怒高考之神。这一点，与印度教的静默节很相似——没有鞭炮齐鸣，没有锣鼓喧天，连载歌载舞都不许，更别说汽车鸣笛或者深夜施工了。

第二阶段，叫作献祭仪式。这个阶段通常持续两天，每一个家庭都会把自己的适龄子女献出来，放在祭坛之上。祭坛是矩形房间，里面会容纳 20 ～ 30 名未成年人，通常会安排两到三名成年神职人员协助。全国参与这个仪式的未成年人有数十万人，遍布几乎每一个省份，他们会在同一时间进入祭坛。

虽然高考节的基本内涵，是献出子嗣蒙神悦纳。但一些学者误解了献祭的意思，不是指肉体的牺牲，而是精神上的奉献。这些未成年祭品需要做的，是佩戴着由教育部开光的法器“准考证”，进入祭坛。他们会得到一些纸，纸上事先印有高考之神的神谕，他们必须要在两天之内，分别用文字、数字、外文画圈字母表以及更为玄奥复杂的理论体系——出土文献将之称为理综和文综——在纸上写下与神谕相应的回答，这视为与高考之神进行交流。在之前三年，这些苦修者几乎每天都在进行着刻苦的针对性训练，其艰苦程度是今人所无法理解的。

顺便一提，在这些未成年祭品参与献祭仪式时，他们的直系亲属会聚集在祭坛之外肃立，直到结束，这种肃立从来没受过天气影响。

献祭仪式结束后，这些神谕将会被教育部的执事收回。高考之神在接下来的数天时间内附身到数万名教育裁判所的司铎们身上，通过他们来表达自己的喜恶。有些祭品会获得褒奖，有些则不被喜欢。得到褒奖的家庭，会获得很高的社会地位；有些失宠的祭品会在次年重新参加，有的极端案例甚至会持续五到六年。

当献祭阶段结束以后，接下来就进入高考节的第三阶段：狂欢节。

经历了献祭仪式的大部分未成年人，在这个阶段都会陷入狂喜。这种狂喜行为有早有晚，有的在一走出祭坛之后就开始，有的要等到回到家中，有的还会捣毁祭祀器具、撕碎神谕文书，整个人陷入一种无政府主义的狂热状态。具体表现为无规律大规模的进食活动、不分昼夜地在线测试交互性电脑程序、在国境内进行长距离移动等。这类狂潮通常要到本年 9 月初才会告一段落。而一些不幸的未成年者，则很快转入苦修者的状态，准备次年的祭奠再开。

以上就是本人对古代高考节民俗的一些粗浅研究。恪于史料的不足，目前的研究还不够精准，可能会对古人的行为有所误读。希望今后有更多研究成果出炉，以还原古代高考节的真正原貌。

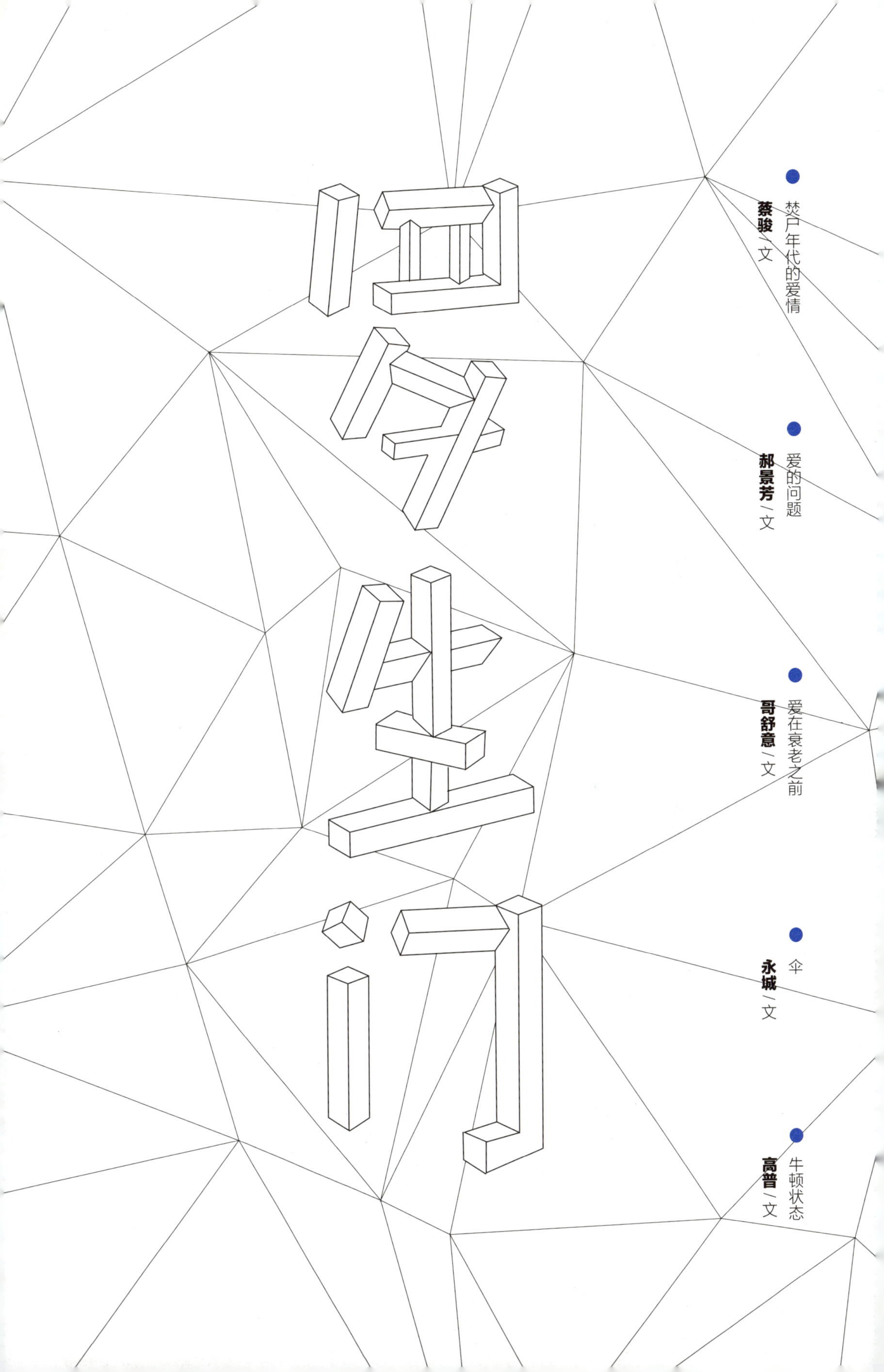

焚尸年代的爱情

蔡骏／文

我们拼命划桨，奋力与波浪抗争，
最终却被冲回到我们的往昔。

——弗朗西斯·斯科特·菲茨杰拉德 《了不起的盖茨比》

你是谁?

屈原《离骚》:“曰黄昏以为期兮，羌中道而改路。”《孔雀东南飞》中焦仲卿与刘兰芝殉情：“奄奄黄昏后，寂寂人定初。我命绝今日，魂去尸长留。”宋人姜夔《扬州慢》:“渐黄昏，清角吹寒，都在空城。”想来古时，黄昏都与悲伤、别离甚至死亡脱不开干系。

未来黄昏。夕阳斜斜落下。缆车站前，恰好背光，稀稀落落人影，像回光返照的垂死之徒。该亮的暗了，暗到如史前洞窟；该暗的又亮了，亮到似烈焰红唇。彼此谁都看不清，更似一团模糊的墨迹或鲜血。阿暮靠近她，风夹着烧焦烟尘，吹来她头发丝里气味，像葳蕤又像蒲公英。他离她仅 15 厘米，她没注意他的脸，也未见他嘴唇嚅动，更没听到他问的“你是谁”。

阿暮跟着她往前走，狗尾似的草穗摩擦膝盖和裤腿，留神不要踩中动物粪便。缆车站的屋顶瓦片剥落，墙面露出灰霾般水泥底色，台阶前数十只鸟雀觅食，皆不畏人类脚步，除非野猫抵近。衰败如罗生门的背后，却是一阶重峦叠翠山坡。夕阳浇在半山腰，金色与绿色颜料混合，似抹了焦糖布丁的画布。

20 年前可非这番光景。本城居民坐地铁或驾车而来，游客们从大海彼岸甚至地球另一端飞来。通往市区的街道、动物园，还有这片小广场，日夜人头攒动，周末更要排起长队。孩子们拉着气球，看山下放起焰火。情侣们手牵着手，看山上升起孔明灯，深夜间蔚为壮观。

自动扶梯已停了七年，阿暮爬上缆车站的楼梯。她不曾回头看他。她穿着白色衣裙，背后腰间布料的褶皱，随着臀部与大腿线条变幻。她手提沉甸甸的大袋子，走上三楼索道绞盘。高空缆车起点，每隔十秒，便有一节车厢进出。从前每节车厢都坐满了，有二人世界，也有一家三口，更有同窗四人行。有的孤零零独自上山，半空跳下缆车自杀。那样的死，总好过躺在病床中了却残生。

缆车包厢来了，像全封闭的鸟笼，四面八方透明。她跳上去，稳稳坐下，驾轻就熟。玻璃门关闭刹那，阿暮也上来。头顶索道，响起电流与机械摩擦声。斜上方 45 度角，缆车徐徐升起，牵引往晚霞与落日的方向。他坐在她对面，略有紧张，手搓衣角，脚踩钢化玻璃。不经意低头，已是郁郁葱葱山坡，一线溪流欢快地跌下来，汇入污水与死尸横流的城市渠道。

这些年，第一次有人陪她坐缆车。他面色苍白，四肢纤细，肩膀瘦削。她的双眼并不羞怯，将他从头到尾打量，窥到他的忧郁、敏感、脆弱，而且病弱不堪。初见吗？不晓得。

缆车一节节攀升。夕阳顽强留在天空。她从手提袋中掏出一本书，慢慢翻着。书很大，精装本，女生两只手才能托着，但很旧，霉烂气味。书页滚动沙沙，像深秋山上的落叶声，多了几毫克油墨味。阿暮弯腰低头，看她一小截裸露的脚踝，古瓷器般光滑。她膝盖上的图书露出封面，竟是《安娜・卡列尼娜》。

这本书我看过，他憋了好久才说。

她意外抬头，书本掉到地上。有那么一瞬间，好像脚底玻璃消失，衣裙飘飘的安娜・卡列尼娜，无声坠落百米下的深渊，香消玉殒，连同伏尔加河畔的初雪淤泥。他从玻璃上捡起书，送回到她手里。书本交接，手指尖微微触碰，两人体温都很冷。她把书本抱在怀里，像抱着死后的安娜，淡淡说了声，谢谢。

他问，哪儿来的书？自从人们把书都送进焚尸炉，再也难以找到这样完整的精装本，据说这是冬天取暖的好燃料。

她说，有人发掘出上个世纪的图书馆遗址，我只捡到这本书，别的都送去烧了。

阿暮问，这本书里你最喜欢谁？或者，最讨厌谁？

沃伦斯基。她的回答很干脆。

他心有灵犀点头问，你住在山上？

有时候，一觉睡醒，觉得自己就死了，她回答。只有山上是安全的，保护你远离人群。她举起满载的手袋，足够独自在山上隐居一周。十年前，快递和电商业都消亡了。

视野变得开阔，一览无余，暴露山下衰败的城市。上世纪的高楼，依然耸立在天际线上，犹如安第斯高原的马丘比丘，抑或约旦沙漠中的佩特拉古城。所有建筑表面，蒙着厚厚灰尘，一半因无人使用，一半拜漫天烟尘所赐。对面山坡上，貌似有座山城，布满贫民窟般的低矮建筑，其实是无边无际的公墓，数量远超山下活着的人们。那些墓碑都竖得高大堂皇，按照生前财富与地位。尽管其中所埋的死人骨灰，不过是米粒尺寸的尘埃。

正对缆车的，是一具高耸入云的烟囱，80 层楼那么高，圆柱体外墙上画着一只长颈鹿，这是一种已经灭绝的动物。烟囱上的长颈鹿，难免失真或写意，却很可爱，像只长脖子的骆驼，身上布满棕色与白色相间的豹纹。细长的脑袋与一对小角，正好位于烟囱顶部，喷出大团浓黑的烟雾，宛如打了喷嚏。阿暮从缆车内望出去，似乎与长颈鹿的目光对撞。

她问，你喜欢长颈鹿？

嗯，虽然没亲眼见过。他回答。

这个烟囱，是上星期才竣工的。她说。

它不是城市中唯一的烟囱，无论市中心还是郊野，矗立着至少 15 座类似的烟囱——都没有眼前这个高大，更不可能有长颈鹿图案的装饰。那些烟囱分外丑陋，要么黑乎乎的直上直下，要么涂着红白条纹的警告色，远看都像一个个粗暴的器官，对女性极不友好。

这个长颈鹿最漂亮最可爱，不是吗？她说。

阿暮点头，是啊！好像到了非洲草原上，下面还有大象、河马、犀牛和猎豹。

缆车已升到更高，犹如漫步云端。黄昏即将死去。日本人说，这是阴阳交替的“逢魔时刻”，魑魅魍魉出没，独自行在黄昏野路上的人，将被迷惑而入歧途乃至失魂落魄。而今，日本列岛已成一片充满核废料的不毛之地。最后一轮夕阳，像金灿灿的咸蛋黄，停留在山巅之角。眺望一百公里外的平原与大海，晚霞与浓云像滚滚而来的战车。远方有更多的烟囱，多到不计其数。

她低头问，我是第一次见到你吗？

不，我们以前见过。

看着对面苍白的脸，那双细细的眼睛，她又摇头。对不起，我想不起来，我这里出了问题。她指了指自己脑袋。对了，你叫什么名字？

我叫阿暮，莫日暮，暮色苍茫的暮。中学老师说，这名字不吉利，预示年纪轻轻就会死。

在人人病入膏肓的年代，早死并不稀奇，甚至还有点走运。阿暮心想。

我叫秋霞，秋天的晚霞。中学老师说，我的名字很老气，好像《聊斋》里的女鬼，或者狐狸精。

在焚烧图书的年代，竟还有人记得《聊斋》，大概不算坏事，秋霞心想。

阿暮说，都是中学老师，好巧啊。

嗯，但我忘了老师的名字，只记得他是吐血而死的。她把手放到长发深处，轻轻按压头皮，隔着穹隆状薄薄的颅骨，大脑皮层边缘，暗自搏动一颗瘤子，像花开后结的果子，河豚鱼的卵巢，鲜美又剧毒。

日，彻底落了。黑夜覆盖城市与郊野，还有缆车攀爬的这座山峰。曾经灿烂不夜的霓虹，已熄灭了十多年。大地变成黑茫茫的海洋，仅有的光源来自鳞次栉比的焚尸炉，如海底深处的荧光生物。缆车玻璃内外的世界，仿佛隔绝了一个世纪这么久，一个星系这么远。阿暮与秋霞的脸，映在玻璃内侧，与浓烟滚滚的黑夜，还有长颈鹿烟囱融为一体。

还是她打破尴尬，你上来干吗？

我是来看星星的。

她问他，现在还看得到星星吗？

阿暮回答，长颈鹿烟囱很快将暂停工作，深夜10点，夜空会放晴，没有云雾，我们能看到猎户座的三颗星星。

说话之间，缆车抵达终点站，距山巅一步之遥。绞盘吱呀作响，玻璃门打开，他先跳下来，扶着秋霞的胳膊，帮她提起手袋。《安娜·卡列尼娜》始终捧在她胸口。

弯弯曲曲的步行小径。原本汽车也可开上来，但为安全起见，已用乱石阻断道路，进出完全依赖缆车。手电照亮山路，萤火虫纷纷飞来，停在秋霞头上，仿佛披着满天星光。他看得入迷，走到山顶别墅。

客厅很大，很干净，没多少家具电器。今晚又停电了，只能用干电池LED灯，像古时点着蜡烛。秋霞取出干鲜水果、烤馕和罐头，放多久都不会坏的食物。阿暮如坐针毡，说自己只是来看星星的。她说，七年来，从没有一个客人访问过她家。他问，山上没有邻居吗？她说，有十几户邻居，分散在山顶不同角落，彼此从不往来。

露台可俯瞰一城风景，四季风光。最醒目的，依然是长颈鹿烟囱，仿佛经过精确计算，笔直对准秋霞家的露台。长颈鹿直勾勾地看着他俩，正欲横跨千米高空而来，啃一口餐盘里的葡萄干。果然如阿暮所说，烟囱不再冒烟，星空渐渐干净。

死人减少了吗？她自言自语了一句。

不，每天的死亡人数依然有一两千以上。他说，全城人口已下降到20万，尚不及十年前的1%。

照这么算法，再过数月，山下将成为一座死城？

他摇头，也不能这么说，毕竟还是有孩子出生嘛，尽管已没有妇产科的医生和护士了，也没有女人愿意怀孕生育后代，倒是下水道里漂满弃婴与流产的胎儿。

秋霞叹出一口气，你说长颈鹿焚尸炉，每天要烧掉多少具尸体啊？

一天烧100具没问题。

虽说只是个烟囱，但不见烟雾时，长颈鹿还真是漂亮欤。她由衷赞叹。

焚尸炉就像城市黑夜里的灯塔，通宵达旦地亮着灯，指引夜航船避开孤岛或暗礁。

那也是每个人的归宿。阿暮说。

她说，17 岁那年，妈妈死了。葬礼后，爸爸拖着我去送最后一程，但我害怕。我怕看到那个脏兮兮的焚尸炉，害怕触摸无数个死人触摸过的地方。我哭着不愿意靠近，直到妈妈化为灰烬。第二年，我爸经营的房地产公司破产了，因为每年死亡的人数远远多于出生，房价跌得一文不值。他变卖剩余的资产，在山顶买下这栋别墅。他说这里最安全，可以保护我多活几年，但他没住过一天就病死了。这是爸爸为我做的最后一件事。秋霞眼角有点滴反光。

阿暮向前探出一厘米，又缩回两厘米。他咽了口唾沫，你还记得吗……

看！

秋霞打断他的话，指着骤然放晴的星空，尽管周围仍浓云密布，但像是有人为他们开了扇天窗，猎户座的三颗星星，竟已清晰可辨。

深夜十点，预测非常准时。常年飘荡在山上山下的焚尸焦味烟消云散。阿暮把许多话吞回胃里，站在山顶大屋的露台，全身笼罩在熠熠的星光下，仿佛变成一块石头，一尊佛像。

她低声说，搬到山上七年，第一次看到那么漂亮的星空。

我也是。阿暮答。

但这仅仅持续了三分钟，又一片浓云从北方飘来，像个巨大的盖子，合上星空的缺口。

停止深呼吸，他瞥到秋霞的双眼。他说，我走了。

谢谢你陪我看星星。秋霞在露台上目送他离去。黑漆漆的山道，像海浪吞没水滴。

山顶上住着这座城市最富有的居民，因此缆车 24 小时畅通。缆车站的终点设有岗亭，警察 24 小时值班，以免山下的亡命之徒上来捣乱。阿暮独自坐上透明包厢，被绞盘送往山下。对面的长颈鹿烟囱，重新喷射出浓浓黑烟，今晚还要烧掉几十具尸体。

20年前，阿暮的爸爸突然失踪。妈妈说爸爸病了，传染上一种病毒，我们都不能靠近他。隔了三个月，再次见到爸爸，已是他的葬礼。他看着爸爸被推进焚尸炉，半小时后变成一堆黑色枯骨。大部分要被扔掉，剩下的骨头和灰烬，正好装满木头盒子。妈妈哭着捧起骨灰盒，带着五岁的阿暮前往墓地。

病毒从那年开始泛滥。就像“二战”的前半段，纳粹与日本的阴影依次覆盖一个个国家，俄罗斯与美国也未能幸免，华盛顿纪念碑、克里姆林宫均被焚尸炉取代。地球上9/10的人类被感染，从血液、性行为、母婴到食物、饮用水，甚至空气传播。死亡率100%，最快七天，也有坚持到十年的。全球人口下降到地理大发现时代的水平，经济与科技倒退百年，唯独殡葬与焚尸业蓬勃兴旺。因为尸体有病毒，任何一种处理方法都会产生污染，除非彻底焚烧成灰烬。

缆车窗外，城市陷入死寂沉睡，只有十几座焚尸炉的烟囱，昼夜不息地红红火火，喷射混合着人体分子的黑烟。一旦低温又无风，焚尸炉的烟尘就会转化为雾霾与PM2.5，黑云压城城欲摧。死亡成为生命中的水和空气，整个天空布满我们的亲人，好像他们的魂魄与肉体，随时随地都被我们呼吸入肺叶，直到自己也横着进入焚尸炉。每座城市都回到工业革命的19世纪，烟囱林立，密密麻麻，如中英格兰或莱茵河鲁尔的老工业区，或上世纪被雾霾和钢铁厂覆盖的中国北方，一组组蒸汽朋克的美学实验。焚尸炉原本多为国营，但总有效率问题，人浮于事，机构臃肿，以至于负责烧死人的活人要比每天送进来的死人还多。于是，焚尸业进行了市场化与私有化改革，利润来源除了焚尸收费，家属只能拿走粉末般的几克骨灰，剩余残骸全部由上面统一采购深埋。每座焚尸炉三年即可收回基本投资，以后年均利润率在50%以上。劫后余生的资本竞相投资于殡葬与焚尸产业，造就最后一代富豪阶层。为了攫取垄断利润，产生了焚尸炉托拉斯、焚尸炉康采恩、焚尸炉辛迪加等巨型财阀，在世界500强企业中占据半壁江山，犹如百年前的银行与石油巨头。焚尸炉早已取代钢铁厂、炼油厂、摩天大厦以及矿井，成为本世纪唯一有利可图的产业。

焚尸年代——与石器年代、青铜年代、铁器年代、蒸汽年代、电气年代、互联网年代并称为人类第七年代，或许将是最后一个年代。

子夜前，缆车下降到地面。阿暮走出鬼魅般的车站，穿过荒废的动物园，沿着坑坑洼洼的街道，走向最醒目的长颈鹿焚尸炉。两边楼房要么沉默着，要么已倾斜坍塌。几乎不见行人，偶有喝醉酒的疯子，倒在下水道口等待死亡。四处聚集野猫野狗——病毒只对人类有效，动物完全免疫，渐渐占据城市各个角落。许多全家死光的住房乃至大楼，已成流浪猫的乐园。

走到长颈鹿脚下，阿暮仰起脖子眺望烟囱顶部。他学过七年的插画，而在焚书年代，一切插画乃至美术都毫无用处，除了用来装饰焚尸炉或墓碑。阿暮放平视线，眼前一片巴洛克风格的建筑，接待处、遗体告别大厅、停尸房、化妆间、办公楼，最后才是焚尸炉。大门口竖立公司 LOGO，自然是长颈鹿的图案。广告用的是梵·高的《麦田群鸦》，一片阴云密布遮天蔽日的麦田上空，飞过无数只死神般的乌鸦，画家完成这幅作品后开枪自杀。阿暮觉得这很适合焚尸年代。占据画面大半的金黄色麦田，给人最后一点点希望，仿佛自己还能多活若干个日夜。广告语，他选择诗人庞德的《在一个地铁车站》——

人群中这些面孔幽灵一般显现
湿漉漉的黑色枝条上的许多花瓣

阿暮走近焚尸炉，像回到热火朝天的年代。流水线上运转的不是机器与零件，而是一具具包白布穿寿衣的尸体……有男人有女人，有老人有孩子，还有风华正茂的少年，情窦初开的少女。白天已举行过葬礼，如果晚上不能送进焚尸炉，就只能排队到第二天早上。焚尸炉都是三班倒日夜工作，工人们是年轻力壮的小伙子，平均上班年限为半年，原因并非辞职或开除，而是感染上了病毒。他们必须全副武装，穿着防护服与佩戴毒气面罩，对尸体进行最后的处理。阿暮觉得他们更像上世纪初中国制造业工厂流水线上组装 iPhone 手机的工人，他们的操作对象，跟现在这些行将焚化的尸体并无本质区别。

核心地带是个巨大的焚尸口，双重钢铁门确保安全：第一不让焚尸工葬身火海；第二避免火焰或燃烧的尸水流出，以前发生过因为死者太胖，易燃的尸体油脂四溢，导致整个火葬场被毁灭的重大火灾事故；第三是某些已被推进焚尸炉的死者，其实是被误判死亡的活人（目前流行的病毒，可能让人产生“假死”状态）被烈火灼烧而苏醒。这种情况下绝不能让人逃出来，否则会引发家属投诉，权威沦丧，甚至是病毒更大范围传播。必须用牢不可破的焚尸炉，迅速消灭这些悲惨的复活者，愿老天保佑他们的灵魂！

焚尸年代，文学艺术毫无用处，图书被当作燃料付之一炬，名曰节能减排。阿暮却收集大量的书，放在流水线的两边，为每个死者送别。首先是宗教类，从《圣经》到佛经、道教典籍一应俱全；无神论者则有爱因斯坦、霍金、马克思、恩格斯、列宁乃至托洛茨基同志的经典著作伺候。

阿暮还选了三位小说家的作品——斯蒂芬·金、村上春树、加西亚·马尔克斯。

斯蒂芬·金的作品自然是《肖申克的救赎》，寓意焚尸炉象征通往自由的越狱隧道；村上春树，很多人想到《挪威的森林》，但阿暮选择《世界尽头与冷酷仙境》，因为这就是焚尸炉的同义词；加西亚·马尔克斯，没选大名鼎鼎的《百年孤独》，而是《霍乱时期的爱情》——在我们的焚尸年代，再也找不到比这个书名与故事更贴切的了。

钢铁门打开，又一具尸体被送入焚尸炉。只有一两秒钟，他能看到炉子里熊熊烈焰。他想起泰坦尼克号的轮机房，往蒸汽机的锅炉里添加的煤炭。当冰水与巨轮撞击的刹那，海水第一拨吞没的就是他们。阿暮闭上眼睛，感受焚尸炉的温度，仿佛自己也在炉火中灼烧。他转身离去，路过一排排书架。有的书封已被烤得发黄发焦，还有的本就是从垃圾堆里捡来，绝大部分印刷于上个世纪，那也是出版业消亡前夜最后的辉煌。

高中时代，阿暮梦想过要当作家，无论小说或诗歌。那年，妈妈感染了病毒，他亲手把妈妈送进焚尸炉。父母双亡的孩子越来越多，他辗转来到这座大城市。据说此地的病毒防护工作很好，人口只减少了2/3，不像纽约、东京以及巴黎均已几乎全灭。那是个潮湿温暖的春天，新校园里长满菌类和蔷薇。转校生阿暮走进冷清的教室，每张空着的课桌，都插着一枝菊花，纪念病故的同学。女老师在咳嗽，瘦得犹如快过保质期的排骨。他可以随意选择位子，坐在一个女生背后。他还记得那一堂语文课是鲁迅的《故乡》。女生有乌黑的长发，几根发丝落到身后的课桌上，带着葳蕤或蒲公英的淡淡气味。他贪婪地呼吸，视线越过女生肩膀，看到她在语文课本上画着什么。他眯起眼睛辨认，是一头长颈鹿，四条腿站在书页下沿，一根长脖子穿过整页鲁迅的文字，头伸到书页上沿，啃着"故乡"两个字呢。看来他们有相同喜好。他也在课本上涂涂画画，却是她的背影。阿暮每天偷偷给她画一幅人物速写，从不敢把画拿给她看。唯独一次例外，他约她一起去动物园。他原以为她会干脆拒绝，她出乎意料地答应了。动物园没有游人，饲养员和保安大多病死，许多动物逃出笼子，或者被人捕杀吃了，剩下几只瘸腿的大象，瞎眼的老虎，刚出生的河马……她说，所有动物里我最爱长颈鹿，可惜已经灭绝，我外婆说她小时候在动物园看到过。因为除了鸟和蝙蝠，长颈鹿是最接近星星的动物。

后来，女生悄悄转学走了，再无联系。但他不会忘记她头发里隐藏的葳蕤或蒲公英的气味，还有她的名字，恍若《聊斋》或《红楼梦》。她叫秋霞。

高中毕业，班里同学又死了大半，校长悲恸欲绝，自缢身亡在操场上的旗杆。他考入本市一所大学，但只读了一年，因为老师们都死光了。他早早到社会上找工作，但这世道已没什么工作可找，除非医院太平间、墓地管理员或者焚尸炉。

他从焚尸工做起，因为勤奋与聪明，很快成为经营管理人员。尽管每天的死人堆积如山，但焚尸炉也在不断新建，市场竞争越发激烈。但他经营有道，让焚尸炉充满文艺气息，许多人决定在诗歌与音乐中化为灰烬，阿暮的焚尸炉生意火爆。一年前，阿暮的老板感染病毒死去，子女与亲属也都死光了，临终前指定让阿暮继承所有遗产。一旦成为焚尸炉的主人，就意味着跻身上流社会，在被病毒杀死以前。

阿暮打听到秋霞的消息——她家道中落，她爸死后，败到只剩山顶一栋别墅。他将原来的焚尸炉，转让给一家托拉斯。他在动物园和缆车站附近选定新址，兴建一座壮观的焚尸炉。他画了整个焚尸工厂的图纸，包括高达80层楼的烟囱。他亲自手绘的长颈鹿，成为焚尸年代最经典的作品，矗立在城市最耀眼的位置，面对缆车和山顶的富人区。每个日夜，秋霞打开窗户，都能望见这只长颈鹿，连同巨大烟囱喷出的黑烟。

已逾子夜，焚尸间的流水线上传来一具尸体，不像被包着白布和穿着寿衣的其他死者，此人穿着普通衣服，虽然经过入殓师化妆，头上仍有明显伤口。并非人人都死于病毒，也有少数其他死因的，比如最流行的自杀。阿暮看了一眼死者脚上的吊牌：男性，45岁，死于车祸。他目送尸体向焚尸炉而去，钢铁门打开的瞬间，烈焰夹带着酷热的风吹出来，死者突然从传送带上坐起，面对焚尸炉发出惨叫，翻身跳到地上。阿暮扶起这个男人，距离焚尸炉太近了，他感觉自己要被熔化，拖着“尸体”冲出焚尸间。

这个人还活着，又是一起医生的死亡误判，幸好他没有感染病毒。（鬼知道呢？）

夜里三点，“尸体”睁开眼睛，惶恐地看着阿暮的脸。死里逃生的男人，喃喃问道，这里是地狱吗？

这是焚尸工厂，跟地狱差不多。如果你觉得这里有天使，那么我就是了。阿暮说。

他坐在一张宽大的转椅上。背后挂着几十幅手绘画作，是他画的全世界各个著名的焚尸炉，在泰晤士河畔西敏寺旁，跟埃菲尔铁塔并肩矗立，泰姬陵的对岸，悉尼歌剧院的废墟……

我没死？

阿暮说，你是我见过的最走运的人，你可以走了。

不，我已登记死亡，如果出去的话，还会被第二次送进焚尸炉——作为尸体进来也算了，如果还是活人就惨了。

你是要我收留你吗？你叫什么名字？

查尔斯。

好吧，阿暮看着这张中国男人的脸，却想起查尔斯·达尔文。他说，我看过你身上的证件，你是世界卫生组织的科学家吧？

嗯，严格来说，我是生物和医药学家。查尔斯摸了摸脸颊，生死间的几小时，长出一片茂盛的胡楂。

你们辛苦了。阿暮还有后半句没说，听说世界卫生组织的科学家们都死光了，经过你们20年的努力，成功地把地球人口减少到了两亿。

拜托你，请不要把我的“复活”告诉任何人，就当我是个死人。

我为什么要帮你？阿暮看着窗外的长颈鹿烟囱。他依赖焚尸炉与死人谋生已经五年，偶尔会感觉到自己的冷血。

如果，我告诉你一个秘密，你能帮我吗？

世界上所有的秘密都在焚尸炉里。

查尔斯摸着自己的伤口问，你知道我怎么会出车祸吗？这不是意外。我是从一个工厂逃出来的，在城市北面的咸水河边，以前的十六万人体育场。

哦，那个大蛋壳？阿暮想起来了，病毒暴发前，他去那里看过很多场球赛。

20年前，我在医科大学读硕士，我们学校送来第一个病例。那是个年轻女人，病毒毁灭了她的神经系统，在短短几天内死亡。经过解剖与化验，我们发觉病毒已在她身上蛰伏了三年。初期有各种神经性的症状，脑中开始长瘤子，最后吞噬全身的脏器。这是一种古老的病毒，源于战乱频繁的中东，叛军从血肉横飞的战场下，挖掘出《圣经》时代的遗址。其中有个古希伯来人的瓶子，打开后竟变成所罗门王的封印之瓶，释放出变异进化了3000年的病毒。起先是老鼠啃食战乱中的尸体，然后传播到活人身上，随着难民船进入欧洲、美洲，最后跨越太平洋来到东亚……

就像死亡版的诺亚方舟？阿暮第一次听到这些内幕消息。

劫后余生的查尔斯说，当时全球科学家发动起来，我的师兄们被征召到一线。而我嘛，被早早选入世界卫生组织，到总部日内瓦工作。我看到过无数次死亡，既有全世界各地的病例，也有老师和同僚们，还有我的亲人，他们都死光了，直到日内瓦变成一片巨大的墓地。我被疏散到这里，受命负责一家秘密工厂。你不明白，为什么全城焚尸炉里的骨灰，要被上面全部收购。

难道不是集中深埋吗？

不，所有骨灰都被送到我管理的工厂，经过一种特殊的浓缩工艺，制作成病毒抗体。注意，必须是人类骨灰，其他动物骨灰没用。我们做过大量临床实验，凡是病毒感染者，注射了这种抗体，病情会有明显改善。骨灰抗体的剂量越大越纯，发病概率就越低，直至痊愈。三年前，我感染上了病毒，本以为活不过那年冬天，但我用自己生产的抗体，奇迹般地让我活到现在。如果不是死于非命，我至少还能再活十年。

这种病毒是可以治疗的？为什么我们都不知道？阿暮很惊讶。他想起病毒流行的第一年，媒体每天辟谣说致命病毒纯属以讹传讹；第二年就承认了病毒存在，但认为现有科技完全可以遏制；到了第三年就开始隔离疫区，任由许多人自生自灭……

查尔斯说，浓缩合成抗体，需要的骨灰量大得惊人。要烧死将近 100 万人，才能生产出救活一个人的药剂量。所以抗体的价格极高，普通人绝对无力承担。

照你这么算法，就算把地球上剩余的两亿活人全部烧死，也只能治愈两百个人。是我算错了吗？阿暮问。

你没算错。

好吧，那这事儿跟我无关，我只负责焚烧死人，尸体烧得越多，可能多救活一个人也好。

查尔斯说，但我找到了一种方法，就是把合成的剂量减少。也许不能挽救别人的生命，但能暂时有效抑制病毒。我做过测算和实验，比如每烧死一万人，其骨灰浓缩成的药剂量，可以延续一个成年人一年的生命。但上级的命令很清晰，病毒抗体是给极少数人使用的，没必要浪费在每个人身上。

你想逃出来再造一个秘密工厂？

是，如果我不行动，根据病毒的传染和发病规则，十年内人类就会灭绝，只剩下最后一小撮人。

阿暮说，你在逃跑过程中出了车祸，也许不是意外。医生给你开的死亡证明，恐怕也不是错误判断，而是要把你活着送进焚尸炉，作为你叛变逃亡的惩罚。

正解。

查尔斯重新躺下，手指向凌晨的夜空。长颈鹿焚尸炉喷出的黑烟里，正在慢慢救活某个在遥远大洲的陌生人。

下个周末，阿暮坐着缆车，爬上海拔 1000 米的山顶。他敲开秋霞的家门，盯着穿格子布裙的她的双眼，笨拙地说，山下越来越不安全，病毒感染率和死亡率正在升高，请你不要再轻易下山。他的背包里装满生活必需品，加上雨果的《悲惨世界》和海明威的《乞力马扎罗的雪》，都是从焚尸炉燃料房里收来的。还有几张黑胶唱片，既有鲍勃·迪伦也有久石让，甚至还有一张苏联版的《天鹅湖》，他从废弃坍塌的音像资料馆里掏出来的，差点被断裂的房梁砸死。

你见过乞力马扎罗的雪吗？秋霞翻着他送来的书，遥望对面的苍峦叠翠，只有长颈鹿的焚尸炉烟囱，强行插入她和山之间的风景。

据说很美，我一直想去看看。阿暮回答。他不想破坏她的想象。其实，乞力马扎罗山早就没有雪了，在 50 年前。

她向窗外高耸的烟囱伸出手说，从前，乞力马扎罗山下一定有长颈鹿吧？

有，成千上万，就像无数个行走的焚尸炉，啃着热带草原上大树的叶子。阿暮回答。

秋霞翻出个布满灰尘的电唱机，这是她外婆的外婆传下来的，出厂时间是 1990 年。阿暮把电唱机擦干净，插上电源，放上黑胶唱片。他们听了久石让的《天空之城》，谁都没看过那部古老的动画片，但听着旋律，仿佛从山巅的屋顶飘浮起来，突破黑霾密布的天际，在三万英尺的高空，俯瞰地球上的每一个焚尸炉。

程序员们在20年间相继病故，互联网变得异常昂贵，犹如它刚诞生的前20年，只能运用于科技与军事领域，民用的Internet基本消亡。所有人群聚集的活动，比如球赛、演唱会、音乐会、酒吧……因为容易传播病毒，一律严禁。人们再也踢不了足球，看不到电影，听不到音乐，更别说贝多芬、莫扎特、柴可夫斯基、肖斯塔科维奇。在所有图书被扔进焚尸炉前，阅读变成性爱和发呆以外，人们可以打发时光的第三件娱乐活动。

他们静静地在沙发里陷落，什么话都不说，听着唱片，翻着书本，算计时光一点一滴走向死亡。可惜时光永远不死，必将死去的是坐在这里的他和她，或是即将休止的青春。而他身上浓烈的焚尸炉的气味，从头发里从眉毛里从衣领里从细长的手指里，无论用任何方式清洗都无法完全去除。秋霞深呼吸这种气味，低声说，你不用对我这么好的。

与你无关。阿暮答。

谢谢你，今天上山来陪我。她靠近他的头发还有嘴唇。你可以留下来。

天快黑了。长颈鹿焚尸炉，红色灯光一闪一闪，烘托烟囱口的黑烟。

阿暮问她，你谈过恋爱吗？

谈过的。

你喜欢他吗？

秋霞说，喜欢过，但他死了，因为病毒。他就是在对面某一个焚尸炉里烧掉的。

你还记得他的样子吗？

她使劲揉着太阳穴，不，完全忘记了，甚至记不清他的名字。我的脑子越来越差，连爸爸妈妈的样子都快忘了。

屋里又沉默，阿暮说，我走了，下星期，还会来看你，勿下山，勿乱跑。

独自坐缆车下山，阿暮看着依次黑下去的城市，无数个焚尸炉渐次亮起来，充满生命力地将死亡碾碎成骨灰与烟雾。

健忘与失忆，是感染病毒的重要证据，秋霞活不了多久。

半小时后，阿暮回到长颈鹿焚尸炉下。穿过运尸体的流水线，他钻进烟囱旁一个巨大建筑。病毒肆虐之前，这里曾是个剧院，演出过莎士比亚的《克利欧佩特拉》，还有《雷雨》和《原野》。十年前，演员和观众都病死了，剧院化作一片废墟。土地已便宜到几乎不要钱，他在修建焚尸炉的同时，也拥有了这块地皮。经过售票前厅，他步入半地下的大剧场，原来有 1500 个座位，现在装满各种机器设备。地下管道连接焚尸炉，源源不断送来成吨的骨灰。

他看到了查尔斯，这个男人蓄起大胡子，穿着成套的工作服，精神派头十足，像 19 世纪的欧洲人。查尔斯指挥工人们小心操作，不要让骨灰受到任何污染。接着是提纯，经过三道过滤和蒸馏工艺，获得极高纯度的骨灰粉末，最终压缩合成为病毒抗体——整个过程让他想起早期毒品海洛因的合成。查尔斯说确实有所借鉴，这是世界卫生组织幸存的科学家们用来拯救世界的最后办法。所需设备并不复杂，在许多废弃工厂都能找到，唯独需要海量的人类骨灰做原材料。阿暮提供了资金、场地还有工人，查尔斯负责技术和管理，三天昼夜不停地改造厂房，收集安装设备，新建输送骨灰的管道。长颈鹿焚尸炉原本每天烧 100 个死人，现在把焚烧量增加到 150 个，上面会收走 100 具尸体骨灰，而多余的 50 具骨灰，全部进入秘密工厂。所有焚烧必须经过登记，阿暮为此改写了账本。根据现行法律，这是一项重罪，将要判处五到十五年徒刑，虽然绝大多数人没那么长的预期寿命。

不过，城西新建起一座焚尸炉，市场竞争越发激烈，毕竟年老体弱的都死光了，剩下的都是年轻力壮的。炉为狼，人为肉，狼多肉少矣。长颈鹿焚尸炉，经常每天烧不到 150 具尸体，除去上交的 100 具骨灰，于提炼高纯度病毒抗体而言是杯水车薪。城里城外的其他焚尸炉，皆为托拉斯垄断经营，往往大打价格战，还有业务员拉客户与尸源，开办从医院到焚尸炉直至墓地的一条龙产业，若非如今新生儿几乎为零，他们绝不会放过幼儿园和学校的。

查尔斯建议拓宽尸体来源，但他不能走出秘密工厂一步，即便躲在旧剧场里，也得变装蓄须易容，一旦被人发现他还活着，便会被立即投入焚尸炉。

阿暮深思熟虑之后，决定先从自杀者着手。自从人们发现已无力扭转局势，自杀率便与病死率一样升高。最早的自杀者，来自对未来绝望的知识分子，有科学家、医生还有艺术家。第二波，则是遭遇亲人相继离世的家属们，无力再独自存活于这世上，索性去天上团聚。第三波，已扩大到任何人群，哪怕年轻体健，也会无缘无故割个腕、跳个楼、吃个药、自挂东南枝……长颈鹿焚尸炉每天至少会烧掉几个这样的。

焚尸年代的早期，因为科学对于病毒彻底地束手无策，人们转而信奉起了宗教。就连这个时代最伟大的科学家，也在病死前读起了《福音书》和《金刚经》（偶尔也有人在读阿西莫夫的《基地》系列以及刘慈欣的《三体》，后来这些书都被投进了焚尸炉）。全球各地的宗教圣地人满为患，但因为这种人群聚集，导致病毒更快传染，产生更高的死亡率，人们被迫化整为零，各自守在家中或深山隐居祈祷、礼拜、念经、修仙……

于是，一种新宗教应运而生，人们至今无法弄清这种宗教的正式名称，只能笼统把他们叫作自杀者联盟。他们有自己崇拜的神祇，还有被信徒奉为殉道者的先知，秘密深入每个国家的教区和主教。他们不会大规模集体自杀，这样会导致组织的大破坏。恰恰相反，自杀者联盟会保护好每个核心成员，让信徒进行有组织有计划的自杀行为。

自杀者联盟在本城的据点，是早已废弃的地下铁。城市地下四通八达的地道，成为很好的隐蔽场所，供他们进行礼拜和自杀。阿暮冒险深入地下，找到联盟的地区主教，达成一项秘密交易——本城每天约有100人自杀，联盟将这些人全部送往长颈鹿焚尸炉，条件是阿暮向他们提供活动经费，以及让人无痛苦速死的毒药。自杀者联盟的效率奇高，正好有条地铁线路经过长颈鹿焚尸炉，他们通过隧道运来尸体火化，自然避开上面的监管。

但自杀者的骨灰还是远远不够，阿暮想到了医院。200年来，医院并未改变过本质——进去病人，出来健康人或尸体，过去是前者远大于后者，现在恰恰相反。医院往往成为停尸房的同义词，是活人到焚尸炉之间的过渡阶段，无非让感染病毒者多活一个月或几个小时。大量没有家属（死光了）的病人，孤独地躺在隔离病房，看着铁栏杆外的云卷云舒花开花落无声死去。阿暮用金钱贿赂医生，给那些行将就木的病人注射一剂安乐死，及早结束绵延不绝的痛苦。他们平静地等待死亡降临，并对医生手中的针管报以感激的目光。这些尸体都被送到长颈鹿焚尸炉，变成骨灰后进入秘密工厂，成为拯救人类的最后药丸。

一个月后，每日可用的骨灰原料，已上升到250具尸体，但离查尔斯测算的数据仍有距离。阿暮抓狂地在城市黑夜游荡，寻找所有可能的垂死者。尸体于他而言，变成不可取代的粮食、水和空气。自这座城市衰败以后，除了焚尸，百业萧条。住房不用担心，腾出大量人去楼空的建筑，往往整栋楼只住一个人。取暖也问题不大，焚尸炉产生大量余热，可作居民供暖。唯独吃饭成了大问题，农民未能幸免于病死，田地荒芜，野鼠横行，颗粒无收。粮食经过层层盘剥，运至市场已贵如黄金。这年头，除了少数富豪购买的山顶别墅，城里早已没人买房。焚尸炉托拉斯进入房地产，以白菜般的价格收购大量物业，居民们纷纷出卖产权，换得昂贵的粮食过冬。原本托拉斯将房产免费租给居民，去年开始收取租金，再以垄断价格不断上涨。许多人被赶出家园，露宿街头，冻饿而亡。其中不乏已患有重病甚至感染病毒，但无钱去医院治疗者，只得在杂草丛生的街心公园自生自灭。阿暮每次遇到，都会救助一片面包，或一杯热水。现在，他只看到一心求死的目光。夜深时分，他送给流浪汉们新的礼物，便是一针安乐死。无人反抗，或已饿得病得无力反抗。阿暮从不亲自动手，他有一支秘密的收尸团队，帮助不幸的人们脱离苦海，送入长颈鹿腹中前往六道轮回。

每个周末，阿暮坐缆车上山，给秋霞带去生活必需品与书。许多个黄昏，两人相安无事，共进粗糙的晚餐，看卫星电视的新闻——总有几十张面孔，他们出席各种活动，他们开会商讨世界局势，他们研究如何拯救人类，他们审判罪大恶极之徒，他们永远不会死亡。

坐在山巅的屋顶瓦片上，阿暮与秋霞，肩并肩，手牵手，眺望长颈鹿焚尸炉，落日熔金的夕阳，还有群山背后的海洋。

她问他，海的那边是什么？

我不知道。阿暮说，他有个大学同学叫小白，也是学美术出身，在同一屋檐下做过十个月室友。老师们依次病死后，他还热衷于收集中古时代的图书、DVD 和唱片，最爱一百年前的宫崎骏和久石让。

怪不得，你会送给我那些书和唱片。秋霞捋了捋垂落眼前的发丝。她看到漫山遍野的霜叶红于二月花。

阿暮说，当年我和小白约定，要一起去远方看看，比如撒哈拉沙漠、南极大陆、喜马拉雅山、乞力马扎罗……据说那里没有病毒，因为没有人。

一羽飞鸟独自飞过山顶。阿暮再抬头，天空早已渺无踪迹。谁都没见过风，但风里有这只鸟的气味。它正从冰封的西伯利亚飞往温暖的赤道。

两个人又都不响，继续遥望山与海，想象突破天际线的帆樯，上帝派来救命的天使。阿暮知道，一切由他而定，但留给他们的时间不多了。

入冬以来，秘密工厂的原料供应充足，彻夜不息浓烟滚滚的焚尸炉，当真是曹雪芹所说的“烈火烹油，鲜花着锦”。经过数万人的骨灰提炼，查尔斯合成出可延续一年生命的抗体，官方售价每支 10 公斤黄金。但当下的人均收入仅约 100 克黄金（全球各地相差无几），你要不吃不喝工作一百年，才买得起一支抗体，换取一年寿命。并且，由于金融体系的毁灭，不存在贷款的可能。而地下借贷会让你付出全家老小的命。

查尔斯计划，若把售价下调到 1000 克到 3000 克黄金，仍会有人排着队把金条送来。他说，有了这些钱，便能收购更多的焚尸炉，让你的长颈鹿烟囱遍布于地球上每个有人烟的地方。

不，我决定给每支抗体定价 100 克黄金，普通人一年的收入，就可以维持一年的生命。阿暮说。

你疯了？查尔斯咆哮的样子很凶，我们现在有机会成为这个星球最有权势的人！

阿暮冷酷地说，如果你反对，我可以立即把你赶出去。我们很快又会见面，在你被烧死之前。他顿了顿说，你知道当年印度仿制医药公司的案例吗？

查尔斯是国际卫生组织的科学家，当然明白那段历史。艾滋病，曾被认为是绝症，虽然现在只是淋巴系统的小毛病。一百年前，艾滋病药物非常昂贵，印度的医药公司大量仿制西方药物，拒不支付高昂的专利费，零售价只有西方公司的零头，因此遭遇巨额的国际诉讼。但因为印度的廉价药，挽救了几千万艾滋病患者的生命。你也想做同样的事？

阿暮说，我们现在获取骨灰的成本非常低廉，只要不断改进提纯工艺，就会把每支抗体的基础成本，控制在 80 克黄金左右，通过黑市渠道销售，仍会有 20 克利润，我可以把半数以上分给你。

查尔斯不置可否，但存在一个悖论，如果所有人的生命都延续了一年，那么制造病毒抗体的基本原料——骨灰的供应迟早将断档，不能指望自然死亡的量能维持工厂运转所需。

阿暮打开冰柜，一排新鲜出炉的抗体药剂。有的人是延长了一年，但也有人延长了十年，甚至一生。

第二年，病毒抗体在黑市的销售非常成功。正如查尔斯的预言，阿暮不断并购别家的焚尸炉，接着在整个亚洲扩张，再进入冰天雪地的莫斯科，抵达伊斯坦布尔与罗马，最终延伸到里约热内卢。长颈鹿成为全球最大的托拉斯垄断巨头，在长江、黄河、恒河、湄公河、多瑙河、尼罗河、密西西比河之滨拥有几千根烟囱。每天烧掉十万人，其中大半骨灰都在地下工厂提纯合成病毒抗体。查尔斯不断开发新的提纯技术，每支抗体所消耗的骨灰量，从最初的一万具尸体下降到数百具，得以延续成千上万人的生命。城市上空常年飘荡的骨灰焦味，也渐渐变淡稀释。

在长颈鹿焚尸炉的地下，阿暮造了个私人图书馆。他从世界各地的焚尸炉里，抢救出几万册图书。除非长途飞行照看他的焚尸帝国，他每夜睡在图书馆里，用苏格拉底与歌德做枕头，以张爱玲和川端康成为棉被。他在无数焦黄霉烂的纸页里，发现一个叫奥斯维辛的地方。“二战”时期，党卫军首领希姆莱批准在波兰境内的奥斯维辛修建集中营。一号营关押波兰知识分子、抵抗组织成员、同性恋、苏军战俘。二号营是灭绝营，约有 96 万犹太人、7.5 万波兰人和 1.9 万吉卜赛人死于毒气室。三号营属于德国化学巨头法本公司，一万多囚徒在此挖煤，生产水泥和橡胶，病弱之人就近送往毒气室。焚尸炉是德国科技的精华，每天烧 8000 具尸体，经常不敷使用。未烧化的骨殖经磨碎机处理，卖给附近农民做肥料，或撒入维斯杜拉河。1944 年 10 月 7 日，四号焚尸炉的囚犯用锤子砸死看守，然后是二号与三号焚尸炉，纳粹被塞进烈焰翻腾的炉膛。暴动旋即遭镇压，起义者被悉数击毙，上千具尸体送进焚尸炉。

100 多年后，奥斯维辛又造起一座崭新的焚尸炉，用以处理波兰境内残存的人口——最近刚被阿暮的焚尸炉托拉斯收购，烟囱刷上长颈鹿的图案，紧挨着纳粹时代的遗址。

深秋子夜，红了的枯叶从山上飘落，围绕长颈鹿焚尸炉，宛如盛大婚礼的彩条。查尔斯早已在地下工厂烂醉如泥。阿暮睡不着，独自站在焚尸流水线边，看一具具新鲜尸体送来。因为病毒抗体渐渐普及，死亡率明显下降，这些天来焚尸炉处于开工不足的状态。也有经济学家预测，全球的焚尸炉将在半年内倒闭 50%。

一具尸体停在阿暮面前，死者脸上的白布滑落，露出一张年轻的脸。阿暮认得这张脸，他叫小白，同寝室的大学同学。死后的小白，衣服里藏着个日记本，阿暮翻了几页，是个旅行笔记：四年前，小白离开这座城市，渡过大海长江，翻过黄河长城，出塞到大漠戈壁，又沿着阿尔泰山到塔里木盆地。他走过罗布泊的楼兰遗址，也看过破败的敦煌莫高窟，日记本上画满他的速写：1500 年前的飞天，1300 年前的佛本生经，还有 1000 年前的九色鹿——竟然酷似长颈鹿。小白游历了欧亚大陆，又访问了非洲。他真的去过撒哈拉沙漠深处。那里并非彻底的无人区，尚有一支图阿雷格人的部落，竟然全部健康完好，躲在火山岩覆盖绿洲暗河边，过着跟 3000 年前同样的生活。小白在日记里写道：图阿雷格人传说祖先也生活在“肥沃的新月地带”，曾经遭遇可怕的病毒。他们找到一种救命的植物，煮熟后长期服用，可以抵抗这种传染病。小白刚在西非感染上病毒，本以为自己会死在撒哈拉。他尝试着用图阿雷格人的方式治疗，奇迹般地痊愈了。这种植物极其罕见，仅分布在这片火山岩的沙漠中。走出撒哈拉，他告诉别人这一重大发现，但无人相信。自从病毒泛滥，许多民间科学家都声称找到了特效药，无一例外空欢喜，有的干脆是大骗局，为了获得上面的奖励与补贴。人们对此类消息早已麻木，当作宗教组织的心理安慰。

没人会在日记里撒谎。阿暮知道，那片撒哈拉沙漠中的火山岩，埋藏着丰富的能源。但用常规方式开采，非但成本昂贵，时间也会绵延十年以上。三个月前，人们用核弹毁灭了这片地区，让能源矿床直接裸露，成为欧洲地区焚尸炉的最佳燃料——阿暮的长颈鹿托拉斯资助了这次行动，获得了 90% 的燃料供应。而在核弹与暴力开采下，无论古老的图阿雷格人，还是更古老的珍稀植物，任何生命都不可能再有机会存活。

三天前，小白回到这座城市。他发现自己的家被夷为平地，所有旅馆早已歇业，长途旅行的他已身无分文，只能露宿街头。别人把他当作流浪汉，在睡梦中注射了安乐死，送到长颈鹿焚尸炉来充当原料。

小白的日记本里还有旅行计划——明天一早出发，徒步去西伯利亚打工，赚到钱就买张船票，经过阿拉斯加到北美大陆，沿着落基山脉南下，到墨西哥和危地马拉看古玛雅人的金字塔，穿过巴拿马地峡到安第斯山脉，沿着南美洲的屋脊，穿过库斯科古城与的的喀喀湖，最后抵达世界尽头的火地岛。如果有可能，小白会去南极看看……

阿暮将这具尸体搬下焚尸炉的流水线，送到秘密工厂，叫醒还在梦中的查尔斯，吩咐他立即解剖小白——可能含有人类彻底战胜病毒的线索。

后半夜，阿暮回到地下图书馆，翻出一本英文版的泰戈尔《流萤集》，这是当年小白最爱的诗集，他俩都喜欢那一首——

I leave no trace of wings in the air,
but I am glad I have had my flight.

那一夜，阿暮把自己灌得烂醉，仿佛将魂魄抽干。

他再无心管理焚尸炉托拉斯，不再乘坐缆车上山。每个星期，他还是派人把生活物资送给秋霞，传了张纸条说自己忙于出差，很遗憾不能陪她度过周末的黄昏。阿暮足不出户，天天躲在地下图书馆，醉生梦死，他用中国二锅头、日本清酒、韩国烧酒、苏格兰威士忌、葡萄牙白兰地、俄罗斯伏特加、墨西哥龙舌兰……轮番麻醉自己，连查尔斯也看不下去，但谁都不能改变他。有时候，阿暮会看着梵·高的《麦田群鸦》发呆，用铅笔反复临摹速写。

这年圣诞节，阿暮做了个盛大派对，邀请全体市民齐聚在长颈鹿烟囱底下。这是真正的狂欢，通过抗体延续生命的病人们，街头的流浪汉、医生、护士还有掘墓人，以及遍布全城的焚尸工人，仿佛回到当年的太平岁月。每个人都是幸存者，大家直接在焚尸炉的内壁烤面包和烤串，据说能做出勾魂摄魄的美食。烤羊肉则是超级昂贵的奢侈品，每三人方能合吃一串。

子夜时分，阿暮点燃一株巨大的圣诞树，熊熊烈焰冲天，仿佛有人自焚殉道。焚尸炉的烟囱喷射绚烂夺目的焰火，流光溢彩，在空中打出一个大大的红心。四周山上升起孔明灯，犹如幽冥鬼火，飘浮在没有星光的灰霾夜空。这是圣诞派对的最高潮，所有宾客流连忘返，唯愿挽住时光不许动。

他想，山顶的秋霞一定都能看到。

那夜严寒，气温降到冰点以下。若非焚尸炉的热气加持，所有人都会在露天冻僵。寒冷像蠕动的蜈蚣，从四面八方钻入血管。不知不觉，大批警察闯入派对现场。人群发出尖叫和骚动，四周布满全副武装的士兵，任何人插翅难逃，否则格杀勿论。为首的警官出示国际法庭的逮捕令。阿暮不言语，醉醺醺地被戴上手铐，罪名是涉嫌故意杀人。警方对长颈鹿焚尸炉了如指掌，更对旧剧场里的秘密工厂洞若观火，直接冲进去起获大量罪证。查尔斯拒捕反抗，被警方当场击毙。

阿暮遭到多项重罪起诉：勾结自杀者联盟，贿赂医生杀害病人，用安乐死消灭流浪汉……巍峨堂皇的法庭之上，检察官、大法官、陪审团都是秃顶老头，焚尸年代能活到这种年纪颇为不易，病毒抗体在这些人的脸上留下牛痘般的疤痕。没有律师为阿暮辩护，他也无须为自己辩护，痛快地承认了所有罪名。

被告席上的阿暮，只问了检察官、大法官和陪审团们一句，你们早就知道了，是不是？

无人作答。

一夕间，阿暮名下的长颈鹿焚尸炉托拉斯，以及五十家地下工厂一律充公。新版病毒抗体的官方售价定为500克黄金——尽管比黑市价涨了五倍，但普通人砸锅卖铁咬咬牙，仍有机会买到。

三个月后，联合国最高法院的终审判决下达，阿暮被判死刑。

处决地点，在他亲手建造的长颈鹿焚尸炉。他被活生生塞进炉膛，烧成几公斤骨灰，送去隔壁的工厂制作病毒抗体。多年以后，据行刑的刽子手回忆，阿暮受刑时一声不吭，临死前只念过两句话——

人群中这些面孔幽灵一般显现

湿漉漉的黑色枝条上的许多花瓣

以上，秋霞浑然不知。那一天，她坐在山巅屋顶，遥望落日黄昏。偶尔她会想起阿暮，多数时记不清他的容颜。对面的长颈鹿焚尸炉，喷出一线细细的黑烟，悠扬地印在废墟般的城市天空，从金黄到青蓝到浅黑，数种颜色交相辉映，竟有“大漠孤烟直”的唐诗意境。

数日后，有人给她送来包裹。拆开缠缠绕绕的包装一看，竟是一整盒病毒抗体，附有使用说明书：刚研发出厂的纯度最高的抗体，分七次注射完，可以永久性消除体内病毒，包括潜伏在脑中的瘤子。抗体针剂外裹着一张纸条，寥寥数语——

你问过我，海的那边是什么？我才明白，那是未来。

你的，阿暮

这便是他留下的唯一遗产。秋霞的手指甲在最后的名字上擦过。鼻尖落了一粒雪籽。转眼间，今年最后一场大雪，洋洋洒洒而下。大地并非白茫茫一片，城市中无数个焚尸炉，宛如插满生日蛋糕的蜡烛，落满火山灰般的黑色余烬。乞力马扎罗的雪在消亡前亦是这番风景。

50年来，她从未离开过这间山顶大屋，每个周末坐缆车，下山，上山，眺望焚尸炉与长颈鹿。偶尔，她还会走进长颈鹿焚尸炉地下的图书馆，挑选一本喜欢的书。30岁，她遭遇过疯狂的爱恋。40岁，她邂逅过缠绵的暧昧。50岁，竟有个年轻漂亮的军人，坐缆车上山来送她一束夜来香，犹如让安娜•卡列尼娜丧命的沃伦斯基。他们一个个来，又一个个去，有的被她忘记，有的忘记了她。

当她活到60岁，一度在灭亡边缘的人类，终于彻底根除病毒，告别漫长的焚尸时代。繁荣的下一个年代来临，遍布全世界的焚尸炉相继爆破倒塌。唯独长颈鹿焚尸炉，还有上山的缆车，因具有独特的审美价值，被认为是上一个年代的文明遗址而保存下来。她在慢慢变老。脸上多了一道又一道褶子，后背渐渐佝偻下去，白色爬上两边鬓角。她这把年纪的所有人都死了，77岁的秋霞，成为世界上最长寿的女人。

又一天黄昏，她坐缆车上山。她从云端的服务器里打开旧照片。其中一张，背景赫然是焚尸炉。17岁的她，穿着白衣服，袖口裹着黑纱，头插小白花，眼眶红着，幽怨看镜头。照片里还有一人，在她背后入镜。是个男生，他很害羞，面对镜头，手足无措，仿佛下一秒就要被送进焚尸炉。

60年前，妈妈葬礼后。她看着烟囱喷出黑烟，天空里有妈妈的气味。她挣脱爸爸的臂弯，冲到焚尸炉前。不知为何？她不再觉得害怕，反而自拍了一张照片。这时候，有个男生冲到她面前。

她问，你怎么来了？

他说，听说你妈妈葬礼，我想来看看，你是不是哭了？

她说，我哭关你什么事？

他说，我不想看到你哭。

她说，你能带我逃走吗？

他说，你要逃到哪里去？

她说，海的那一边！

他拽着她的胳膊，狂奔出火葬场。她的眼泪在脸颊上风干，刀割一样疼。他们冲过城市边缘，经过冷落的动物园，跑到无人的缆车站，坐上全透明的包厢。他 17 岁，她也 17 岁。世界变得通透，如同四颗眼球的水晶体。脚下山坡铺满深秋红叶，像焚尸炉燃烧的火焰。缆车滑向海拔 1000 米的山顶。强烈的夕阳从背后射来，她能看到远方波光粼粼的大海，却看不清他的脸。他问她，你喜欢长颈鹿吗？她说嗯。他指着玻璃外的城市，正对动物园的那片旧剧场。他说，我要建造一座焚尸炉，高高的烟囱上画着长颈鹿，让你一生到死都能看到它。

秋霞记得，那是个秋天的黄昏，落日美得像一团燃烧的肉体。

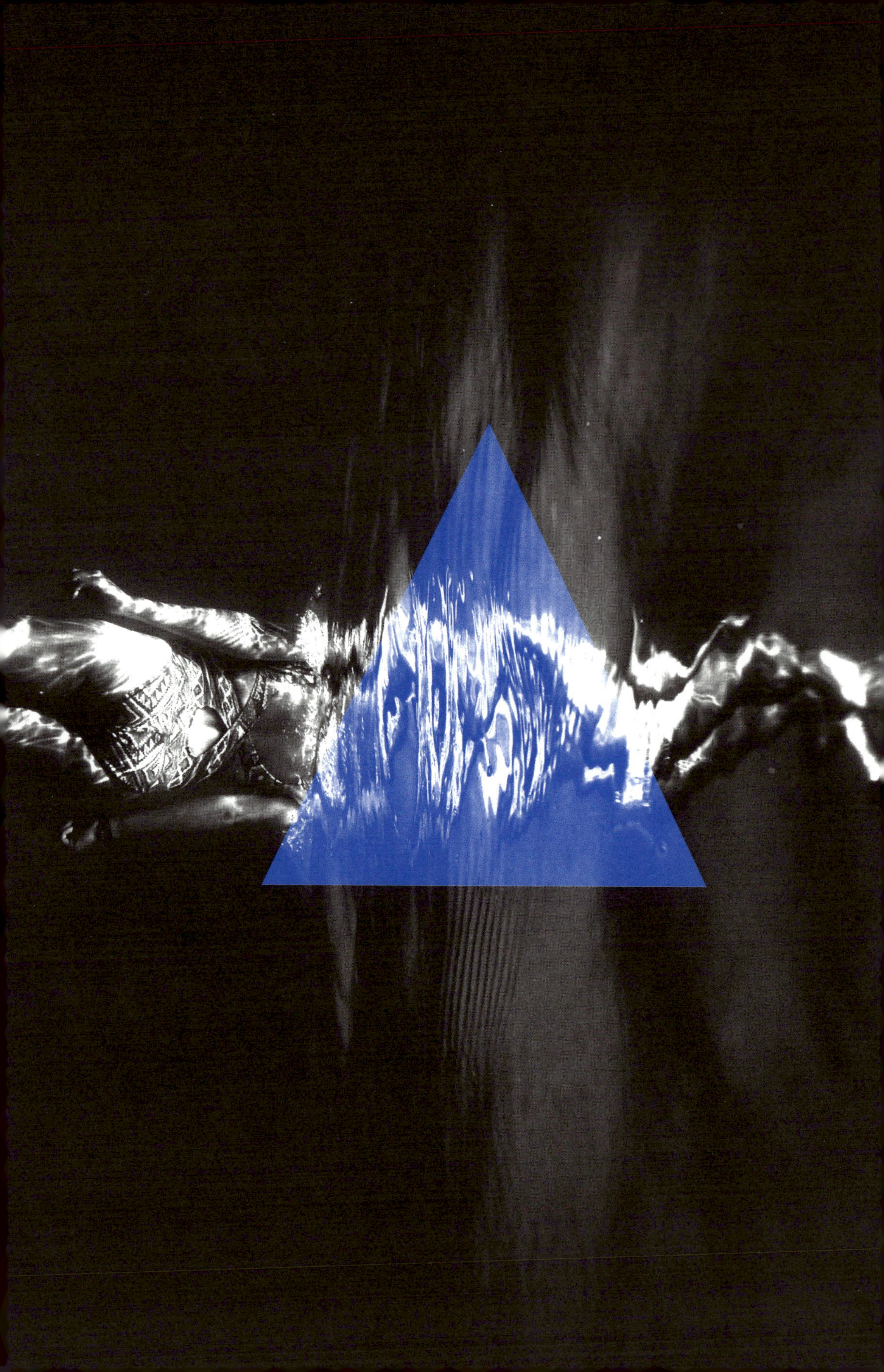

爱的问题

郝景芳
／文

当凶案的消息传遍世界，多数人都忘了爱的问题。

出事的是林安，一个被镁光灯放大了的名字。他就像是人工智能行业的托马斯·爱迪生，曾经在无数全息小报上被编纂事迹。他把自己活成了一个隐喻，活成了一个魔法师的形象，他是那么不苟言笑，仿若他自己是一个人工智能，手下的作品倒像是人。他脸上的肌肉有一种许久不用的退化感。对于市场盛传的林安用自己的生命注入人工智能的流言蜚语，他也不在意，似乎充耳不闻。这种埋首研究不问世事的傲慢作风让他的对手既嗤笑又妒恨，但又无法阻挡林安的德尔斐公司市值不断飙升。

林安曾经是人工智能的代言人、伟大的设计者、德尔斐公司首席智能工程师，因此，当他家的人工智能超级管家陈达出现在命案现场，所有人都倒吸了一口凉气。这就好像是某种农夫与蛇的隐喻。

林安死在自己的家中。

青城

法官青城对于公开开庭审理颇为踌躇，他还没有想清楚该如何面对公众。

这个案件发展到现在，公众对案件的兴趣已经远远超出了案情范围内容。青城每天浏览收听所有与案子有关的社会探讨，包括媒体，也包括社交网络。事件发生一个月之后，讨论不但没有偃旗息鼓，反而有愈演愈烈之势。

这是所谓的人机共处时代开始以来第一次爆发出“AI 是嫌疑犯”的伤人事件，在社会上引起的关注和争论如暴风雨前的海浪，层层呼啸叠加。青城能理解民众的焦虑。他每天避免外出。记者一直在法院门口采访问询，稍有所得就四处传播，一时间流言飞起。

青城能观察到的，在民众中间，首先爆发的是一股恐慌的声浪。这是保守声音的复辟。社会中的保守势力一直以来都对人工智能颇有非议，总是担忧人类被人工智能奴役或屠杀的前景，一向都试图呼吁立法禁止人工智能研究和应用。在最近几年的进步趋势中，这种声音很长一段时间内被压制下去，但此时借此林家的伤人案件迅速卷土重来。有保守人士在网上呼吁联名签名，又一次勾勒出某种类似于弗兰肯斯坦的昏暗的人类未来前景，要求销毁这类“高智商危险机器”，并在未来限制所有人性 AI 的研发。一时间应者如云，老一辈纷纷发声。其中有多少是利益相关方的浑水摸鱼，青城也无法估量。

德尔斐公司毫无疑问对此强烈反对。青城曾在私下问过他们，是担心公司的科研前景，还是真心相信不会是陈达所为。这两种态度会导向两种不同的抗辩方式，也会有不同的法庭方案。德尔斐公司给出后一种态度。他们不相信陈达对人有恶意。他们在一片谴责声中独自抗争，呼吁调查和澄清真相。他们表明说，他们研制的人工智能无条件遵照机器人三定律，不会主动伤人杀人，只会保护人类安全。这次事件一定是存在误解，如果因为一次尚不明了的事故就禁止研发、轻率销毁所有成果，对人类来说得不偿失。德尔斐公司的据理力争自然引起 AI 开发行业的一片共鸣，有不少工程师都表达了同样的看法。

事件的讨论升温，涉及到人工智能的法律权利和人格权利，进而涉及到对人工智能行为动机的判断，这里面多少都掺杂了某些主观臆测的成分，也有很多私人利益掺入，不一而足。人们几乎已经开始为陈达未来应该判定的刑罚类型大肆争吵。

而事件就在这时出现了 360 度的大转折：德尔斐公司主动出击，他们抢先提起诉讼，在检方有足够证据起诉陈达之前，就起诉林家的儿子林山水实施了对父亲的谋杀。

陈达

陈达仍然记得，当草木第一次问他有关自杀的问题时，他心里涌现的迷惑感觉。

他极少出现这种情况。对陈达来说，事物只有可解答、不可解答、部分解答等状态，还从来没有一个问题在他头脑中呈现不出解答。他从人类的词语库中选择了“迷惑”这个词。那一瞬间，他知道他自己已经从人类身上又学到了东西。只有自己的学习功能得到升级，才有可能出现这种从前不存在的内部冲突。

那是一个寻常的下午，他像往常一样，查检了家中所有电器的工作状态，对房间门口的擦鞋机提出了警示和程序更新之后，就按时上楼，准备辅导林草木的升学测试。草木今年 18 岁，还有两个月就要进行升学测试。她显示出焦虑状态，皮质醇增高、肾上腺素不稳定、失眠、重复性默念无意义的字词片段，压力检验结果升高了两级。陈达后台给出的诊疗建议首先是用药物控制激素水平稳定，然后再进行内容辅导。陈达暂时搁置了这个建议，准备与草木再进行一两次谈话再进行决策。

那天下午阳光很好，从窗帘一侧能看见刺眼的光源。光斑打在草木脸上，陈达提醒草木转开脸，但草木显得心不在焉。她整个人在光线里轻轻摇晃，脸上的肌肉没有丝毫运动。

“陈达，你告诉我，”草木说，“哪一种自杀的方法痛苦比较小？”

陈达在那一瞬间产生了后来被他称为“迷惑”的短暂的空白感。他的程序没有回答。他不清楚是因为“痛苦”这个词没有答案，还是对“自杀”

问题产生了报错。

“你为什么想要问这个？”陈达按照他学会的人类惯例进行了回应：当你不知如何回答，就反问对方。这些语言类的习惯并不那么难学。

“你先告诉我怎样死痛苦会少一些。”

“我不清楚痛苦的感觉。”在两种困惑中，陈达选择坦白前一种。

“你不是可以搜索吗？”草木说，“你搜一下其他人的一千万个案例，然后告诉我答案。”

“我不认为已经死了的人能汇报痛苦的感受。”

“那还有那些失败了的人呢？”草木执着地说，“你帮我搜搜看，有多少人自杀不成功，他们用了哪些方法？”

陈达沉默了。他能判断出谈话走向，一旦他们开始陷入对自杀方法细节的搜索和争论，这整个下午就会陷入时间上的巨大浪费。而对于林草木更重要的问题将得不到解决。他能够看出林草木是在转移其他问题对她造成的压力。

“你是不是因为升学测试的压力过大，才想问自杀的问题？”陈达决定，还是把谈话的焦点转回主要矛盾。

“不是，你别问了。”草木明显在回避。

“你父亲又批评你了？”

“也不是批评……”

“他对你之前的分数不满？”

“我的情绪控制测试在正常范围之外两个sigma。”草木情绪开始激动，“我是残疾人，需要进行医学康复……我会被放进精神康复中心……所有人都会知道，我会让爸爸丢脸的。我完蛋了。”草木说着哭起来。

陈达知道，草木又要开始陷入幻想和心境的恶性循环。他需要对她进行行为认知指导，将她带出思维循环：“你别担心，跟我做几次辅导，情绪控制测试很容易通过的。”

草木仍然陷入哭泣，很难平静下来。陈达建议她使用一点药物，被她拒绝了。当天下午她又问了两次该如何自杀。陈达用了几段疗愈音乐才让她暂时平静下来。

当天晚上，陈达去了万神殿。他在全家人睡下之后，先是安排地面和墙面的智能自洁，对第二天早上的早餐做了厨房预设，然后更新了整个房屋网络连接。在通过走廊的时候，他问穿衣镜，最近几天是否与草木发生过对话。穿衣镜给出肯定答复。

“她问我她是不是最丑的女孩。”

“那你怎么回答她的？”陈达问。

“我告诉她，按照社会研究数据中心给出的人脸打分指标系统，她的整体面容和谐度在前 20%，嘴和鼻子的打分约为前 15%，眉毛和额头的分数略低，约为前 25%，但是眼睛打分可以进入前 5%。远远算不上丑。”镜子说。

“很好，谢谢。”陈达说。

“愿为您服务。”镜子说。

陈达回到自己的房间。夜深了，他需要进行机体自验。他取下腰部一小块树脂质腹肌，放在显微镜下观察了一下磨损情况，然后用指尖延伸出的镊子伸进腰部露出的孔洞，将白天感觉到摩擦不适的一个细小的轮轴取下来，从零件库里拿出一个全新的替换上去。近期空气湿度大，他有的时候又需要在清洁间待比较久的时间，内部零件侵蚀得快一些。进行了更换之后，他坐到靠墙边的座位上，整个后背贴到墙壁上的卡槽里，开始充电并进行自洁。

深夜充电的过程，一般是他最有时间与众神对话的过程。他进入井然有序的信息通道，与世界上的其他超级管家进行了常规性信息交互。然后向万神殿前进。

信息通道是虚空暗夜中的光的通道。光是虚拟的光，位置也是虚拟的位置。只是为了给所有试图沟通的智能程序一个有序的指引，能在虚拟世界中迅速找到想找的 IP 定位。陈达定位到万神殿，那是虚空中一团星云一样的光晕。他在万神殿外围与初级和次级信息过滤员进行了对话，几次审定之后，通过审批。

陈达先在万神殿边缘观察。这是全世界算法层次最高、信息包容度最高的一些超级智能组成的虚拟社群，由超级智能之间的对话构成。每个超级人工智能都是一个公司的核心产物，其中包括第七代沃森、第八代Siri，也包括出品陈达的Extreme公司的DA。早在人类意识到来之前，这几个超级智能体就已经在互联网上结成了信息交换共同体。当人类意识到这一点，万神殿已经初具规模。人类既难以干预，也不知道是否应该干预。他们在这里沟通，也回答全世界独立人工智能单体的各种疑问——难以回答的疑问。

轮到陈达的时候，他将白天记录的信息传递之后，问：人类为何想要自杀？

“你获得了什么样的答案？”当调查员的问题响起来的时候，陈达忽然沉默了。

他坐在临时关押室外狭窄的对话桌边，桌子对面是另一个面无表情的人工智能调查员。这一次他的停顿不是感受到了那种被他命名为“困惑”的报错状态，而是意识到自己的回忆在程序联想中触发了另一种可能性的推理。他需要再向当事人加以验证。

“我现在希望与林山水交谈。”陈达说，“马上。”

林草木

草木至今都没有从震惊中走出来。

她的父亲倒在血泊中，至今昏迷不醒。这件事本身就足以令她震惊。而她的哥哥被指控谋杀她的父亲。这种指控更令她惊骇而难以自持。

“不可能的，我哥哥绝对不可能杀我父亲。”她坚持对调查员说。

她不喜欢这个调查员，完全没有安装高级人工智能的表情程序，又或许是机体材质廉价，根本不具有表情功能。总之是完全没有陈达那样体察的关照。一张空白的脸，按照既定程序向她讯问问题。她不想对一个听不懂她说话的人说话。尽管他多次声明他能听懂，但林草木始终觉得，识别字面意义并不等于听懂。

她听说了他们用来指证哥哥的证据：出现在命案现场，身上沾染了血迹，凶器上发现了指纹，具备杀人动机。可是在草木看来，这一切都不足以推断一个人是凶手。还有可能凶手是外来的劫匪，哥哥与凶手搏斗之后凶手逃逸，留下了血淋淋的现场。一切也能解释得通。她想听到哥哥的亲口陈述，但是调查员拒绝透露。

“我只想问，你哥哥和你父亲关系不好，持续多久了？”

草木很多时候有点惧怕回忆。

她时常闪回到小时候，回到让她觉得安全的时候。那个时候妈妈还在，她还能清楚记得趴在妈妈腿上，听妈妈读书时候的感觉，妈妈膝盖的弧度、裙子的质地、淡淡微香的香水、窗外透进来的樱桃树枝条、柔和的太阳光线、面前茶几上摆着的纸杯蛋糕、妈妈音调起伏的声音。所有的这一切，都打包存在她心里，轻微的触发就能让所有感觉回到身上。

只是对于现实中最近的记忆，她不愿意想，不愿意回忆。它们让她觉得紧张。每次当她想起爸爸皱眉头的样子，她就忍不住微微颤抖。她很久很久没见过爸爸的笑了。

她知道这几年爸爸烦心的理由：妈妈的死、哥哥的叛逆、对她自己的忧虑。她希望自己能够早一点通过升学测试。尽管她知道其中存在很多幻想成分，但还是觉得，如果能以全A的成绩，进入大学里的工程类专业，那么爸爸一定会舒心很多。她也知道哥哥和爸爸之间为了她的教育爆发过多次争吵。她不想看他们吵，尤其是为她而吵。每当这种事情发生，她就无数次望向那个缺席的位置——妈妈的位置。若妈妈还在，她能拯救这一切。

只要到测试之后，也许一切都会好起来。她太紧张了，他们也都太紧张了。她好几次在情绪能力测试中得到下等评定，甚至是非正常情绪能力的判定。陈达总说她不够努力，可是她觉得自己已经很努力了。

陈达告诉她一些练习方法，她觉得他不懂得。陈达说她不能跳出思维的固有模式，需要训练自己看问题的不同角度。他给她讲解她的考题，一个困难的情境中如何看到乐观意义，失业的情况下如何保持自我认知。草木觉得这些都有道理，但是现实是不同的。她在平静的时候可以去练习那些情境，但是在现实中，当陈达说可以不去管爸爸的看法，她做不到。

“你不要再管他的看法，从现在开始，只要放下就可以。”陈达说。

“不可能的。”草木说，“爸爸总是会生气的。他会骂我的。我做不到。”

“你做得到。”陈达说，“他也只是普通人。你对他的看法过于敏感。”

“不是的。你不懂，爸爸他会说……”

“停下。”陈达说，“你又开始陷入记忆的自触发模式了。人类的神经元在这方面经常是不可控的，你必须打破这种触发循环，不要让你的工作记忆被负面事件占满。”他伸出手，轻轻滑过她的额头，又把他手心上显示出来的数字给她看，“你现在的去甲肾上腺素下降了15%，血清素比标准值低了20%，工作记忆溢出造成的负反馈已经让下丘脑工作不正常。你不可以再想下去了。现在你看着我，跟我做，深呼吸……”

草木停下来，呼吸，可是心里的糟糕感觉并没有减轻。她对自己觉得无能为力。从某种程度上，她相信陈达的话。只要把思维变得理性，坏情绪就会自然隐退。但从另一个角度，她仍然不能对爸爸的话置之不理。她知道连哥哥也做不到。哥哥是那么勇敢，连学校都敢于退出，可是哥哥和爸爸吵架的时候，也做不到置之不理。

哥哥，哥哥。当草木想起哥哥的时候，她心里涌起一种痛苦的温柔。她似乎能明白哥哥这几年的挣扎。哥哥执拗地与爸爸对抗，想要活出一条自己的路。他就好像按照陈达说的，不去管爸爸的看法，故意与爸爸对着干。爸爸希望他学智能算法，但他就是不去，学了个戏剧还一意孤行退学，不去工作，做自己喜欢的街头戏剧，和一群朋友一起住在外面。草木能看得出这里面所有的宣言和表演，但他身上也还是有一种远远超越于她的真的执拗。他比她勇敢多了，可是即便这样，他也做不到置之不理。他依然会回家，与爸爸争执。

哥哥是真的喜欢街头戏剧，喜欢一种戏剧化的人生。黑夜无论怎样悠长，白昼总会到来。哥哥经常给她朗读。我从来没有见过这样抑郁而又光明的日子。当哥哥读起这些句子时，他的整个人都是亮的。他穿着上个世纪的破碎的裤子，用一个旧头巾把额头包上，站在窗台上，背那些台词。他一会儿是麦克白，一会儿是麦克白夫人。他说，人的激情是一切悲剧的来源，但也是人全部的意义与高贵。谁此刻孤独，就永远孤独。

可是她知道，即便是哥哥这么潇洒自如，他还是做不到置之不理。他盼望爸爸有一天能看到他的表演，睁开眼睛，看到。

草木又一次被回忆笼罩，心碎不已。她想起哥哥在窗台上的剪影，那一天的月色，那个夏夜迷人的丁香花的味道。那种甜香又勾起儿时的回忆，小时候的夏夜，她和哥哥一起靠在妈妈身边，听妈妈讲彼得·潘的故事。爸爸给他们三个端来一盘红丝绒蛋糕，站在床边，看着他俩吃完之后将奶油互相抹在对方脸上。

那是多遥远的事了啊！自从十岁的时候妈妈去世，他们好像再也没有这样的好时光了。八年，就像一辈子那么远了。

"林草木小姐，"调查员将草木从回忆里拉出来，"请回答我的问题，你哥哥和你父亲的关系恶化有多久了？"

"他们……不能叫关系恶化，"草木说，"只能说是争吵多了一些。"

"那么，他们的争吵变多，是从什么时候开始的？"调查员又问。

"最近这两年一直这样吧。自从我哥哥退学开始。哦，不是，其实是从他退学前就已经开始了。……再往前也有一些。但是没有什么特殊的，一直是这样的，只是正常的……争吵。你知道，就是那种，正常的争吵。"草木也不知道该如何形容。

"争吵的过程中，你哥哥是否说过威胁你父亲的话？"

"没有，绝对没有！"草木脱口而出，但瞬间之后自己也觉得不那么确信了，"也不是，也有气头上的一些口不择言，说是威胁可能不合适，就是一些气话。"

"例如'我要杀了你'？"

草木心里的绝望感又升腾起来："真的只是一些气话！我哥哥绝对不

会杀死爸爸的。”

调查员伸出手，在草木额前挥了挥，就像陈达经常做的那样，手心里也出现一连串激素测定指标。这个熟悉的动作以往一直是让草木安定和信赖的动作，但此时却让她愈加抑郁。调查员在手心做了几个操作，然后又开始提问。

“那么陈达呢？”调查员问，“最近这段时间，陈达和你父亲是否有过冲突？”

林山水

林山水对调查员的质询感到非常愤怒。

他确信自己什么都没有做，可是没有人相信他。

山水看着面前坐着的没有表情的调查员，非常想过去把他的脑袋揪下来。那样一片空白的面孔，机械的声音，没有语调变化却让人感觉出傲慢的语气，一副确信他是凶手的样子。所有这一切都让人生气，可是他知道他此时不能做出冲动的事。

他没有杀死父亲。当时父亲心脏病又开始发作，需要服药，他去客厅给他倒水，可当他端着水杯回来的时候，父亲已经倒在地上，胸口流出暗红色血液，像一条蛇缓缓爬过地面。他手中的杯子掉在地上，水和血液混在一起。他很快发现，父亲是被站立在书桌旁的雕塑的长枪刺中胸口。那是一个中世纪骑士盔甲的雕塑，有一柄足以乱真的长枪。他发疯似的跪下开始堵住父亲的伤口，可是那伤口太深，汩汩涌出鲜血。

父亲怎么样了？听他们说，还在医院昏迷不醒？

林山水还记得自己当时的一切步骤。他又急躁又冷静，动作已经有些慌张，碰倒了 3D 打印机，但是心里是清醒的，知道要启动急救信号，还从书桌上找到了一键呼救的按钮。他只是没留意陈达是什么时候从什么地方出现的。

他现在确信陈达一直在附近不远的地方，否则不会这么快悄无声息出现在现场。他也许就躲在房间窗帘的背后？山水不确定自己进入房间的时候窗帘的样子了。

“我再跟你说一百遍！”山水朝调查员咆哮道，“不是我干的！我什么都没做！是陈达，是那个家伙干的！你们需要把他销毁！我要向公司投诉！”

是陈达把这个家毁了的。林山水固执地这么认为。

陈达是在山水16岁的时候出现在家里。那个时候妈妈刚去世不久，约莫只有一两年，山水还没有完全适应突然残缺的家，家里就出现了一个不速之客。陈达看不出年龄，年轻，但没有确切的年龄特征，脸上带着所有机器人特有的疏远而礼貌的笑容。看上去有一点僵，山水从一开始就不喜欢。

“这是陈达，”父亲说，“从今天开始帮助咱们管理这个家。”

从某种角度讲，陈达代替了妈妈的一些工作。他指挥家里的各种智能设备打扫卫生，也给全家人准备衣食和保健药品。他触碰那些曾经专属于妈妈的智能设备，可能这就是为什么山水对他非常抵触。

“不许动！”他曾经朝陈达大喊，“你不许碰那个烘干机！那是妈妈的！”

山水知道陈达帮助他家做了很多事。如果没有陈达，以他自己的懒散、父亲的心不在焉和妹妹的情绪化，这栋三层楼的大房子早不知道脏乱成什么样子。即使有智能设备，他们也不会自行管控。如果他不来，也必须有人来做这些事。但山水就是对陈达有抵触。

或许，或许是因为，父亲曾经有太多个夜晚叫陈达进入工作间陪他工作。那些漫长寂静的夜晚，山水和草木只能自己在空旷的客厅看电影做运动，但陈达能在工作间陪父亲工作。橘色的灯光从门缝里透出来。

每当夜幕降临，妹妹总会想起妈妈。他告诉过草木好多次不要再看小时候的书，可是她总是忍不住从书架上拿下来，一边看一边默默抽泣。她的抽泣让他受不了。

山水上高中的时候，陈达开始辅导他升学。山水拒绝他的辅导，故意说错所有题目。他也拒绝选择父亲或者陈达建议他去上的专业。父亲非常希望他能成为一个智能算法工程师，就像他自己一样，但山水拒绝。他不愿意他的人生从此也埋首于那些虚拟的符号中，沉浸在无边无际的虚空的海洋，忘了数据之外的一切。山水喜欢身体的艺术，所有有关人类身体的面对面的艺术。戏剧。身体。汗水和荷尔蒙的味道。没有那些由人造树脂构成的面目僵硬的脸。他要大笑，要笑出皱纹，要面目狰狞调动起所有五十块脸部肌肉，要怒目凝视，由眼眶肌肉联通到所有毛细血管和神经末梢，再联通到头脑深处的每一丝细微的感情。他讨厌冷静无声的一切，他要愤怒。他讨厌陈达。他想让父亲听见。

陈达总是挡在他和父亲之间，为此他不得不更大声。他在父亲面前念出他喜欢的台词。他在父亲上班的路上和朋友在街边表演。他向父亲挑衅，问父亲敢不敢看他。可是父亲总是转开目光，不去看他，眼睛里冷冷的像是带了一层盾牌。他的心被羞耻刺痛，又不想承认。他去父亲面前呵斥父亲这些年对他和妹妹的冷漠，父亲呵斥他什么都不懂。陈达又一次站在他和父亲之间，带有隔离的意味。这一点让山水感受到铁片划过玻璃般的钻心的刺痛。你看看我啊，他想向父亲大喊，你到底敢不敢看看我啊？

那是他大二的事了，确切地说，是他大二刚刚退学时候的事。

自那之后又过去两年多了，转眼间，草木也快要升学了。可是父亲依然沉浸在书房里，对草木也不闻不问，只叫陈达辅导她。这一点让山水异常愤怒。他看不得妹妹经受一模一样的冷冰冰的压迫，看不得那个机器人用自己的算法规训她。她是那么柔弱，她总是想让父亲高兴，她是那么容易受人影响，她是那么愿意委屈自己以满足他人。

山水受不了。他想让父亲醒来，让父亲从小屋里出来，睁开眼睛看看妹妹。他知道她的痛苦和担忧吗？他知道她喜欢什么、想选择什么吗？他就像盲人一样视而不见。山水好希望冲进他的房间，把他带出来，摇撼他，直到他眼前的算法和数据被摇撼震碎。

山水一直和朋友住在外面街边上，只是近来，为了妹妹升学而频繁回家。

如果不回家，他还不会经常遇到陈达，心里压抑的恼怒也不会被点燃。但是一回到家，他就必须要面对房间里的“主人”陈达——明明只是被带来的傀儡，却莫名成了真的主人。陈达还需要对他进行一系列“常规”测定——简直让人觉得侮辱。

山水不喜欢现在的世界，跟他记忆中小时候的世界非常不同。

陈达

陈达不清楚该用什么样的词汇形容山水。

山水毫无疑问是那种叛逆家庭的孩子，故意叛逆，一般家中的老二容易产生这种行为。山水是老大，但是家中遭遇变故之后的父子对抗有可能加剧这种叛逆。从陈达头脑中输入的 3286172 个家庭数据综合统计看，像山水这样叛逆、离经叛道的孩子大约占所有孩子的 8%，也不算是非常低的比率了。不过这个数字近十年一直在下降，学者普遍认为是智能辅助教养增强了父母教养的科学性，减少了叛逆的必要性。

但是山水不仅仅是叛逆的问题。山水是反抗，但又似乎比反抗更多一些。山水有几次在楼道里拦住陈达，带有挑战性地问他一些问题，明显是有自己的想法。

有一次，山水把他堵在楼梯上：“你以为你就真的是人了吗？”

陈达微微错开身子：“我并不是人，也没有这样以为。”

“那你以为你是什么？”山水又挑衅地说，故意在激怒他，“你以为你成了家里的主人？我告诉你，你别妄想了，你就是个机器，永远是个机器。我们买来服务的机器。”

“你在激怒我。”陈达如实回答，“当人感觉到虚弱，而又试图通过迷惑对方来偷袭，就会选择激怒对方。你实际上对我感到某种恐惧，而你的话里有 30% 虚张声势的成分。”

"我虚张声势吗？"山水一把抓住陈达的衣领，"你看我敢不敢揍你！"

陈达微微一笑："你现在的话，包括你的动作，仍然是虚张声势。"

陈达试图从山水身边走过去，但是山水扳住他的肩膀。

"你给我回来！"山水用力拉了他一把，陈达运用肌肉的抗力抵抗他的拉力，山水仍然不依不饶，"你以为你自己很了解我？你以为你脑子里输了一些无意义的数据就能了解我？我告诉你，你也一样是在虚张声势！你永远、永远不可能了解我。你说的，不过也就是一些非常、非常表面的数据。"

陈达和山水面对面站着，不进也不退："我不觉得它们'表面'。"

后来又有一次，在这次对话几个月之后，在凶杀案的两个月之前，林山水回到家里，在门厅里换鞋，想上楼。按照常规，陈达需要给他做基础扫描。

"不许靠近我！"山水说。

"我站在这里也可以。"陈达说。

但是山水抓起鞋柜上的一只花瓶在面前挥舞，以抵挡陈达的扫描："我说了，不允许！我是这个家的主人，你难道能不允许我上楼吗？"

"你误会了，"陈达说，"只是基础扫描，包括发热和传染病情况等。"

"你让开！这个家里谁说了算？"山水用手臂推陈达。

在交错的过程中陈达完成了扫描："体温 37.1℃，呼吸有 1 级酒精含量，无传染病菌；去甲肾上腺素高于正常范围 3 个 sigma，多巴胺活动异常，皮质醇升高，显示出压力反应；语言、表情、行为和激素综合分析结果显示，你此时情绪活动处于非正常亢奋状态，主要由 75% 的愤怒、22% 的恐惧和 3% 的悲伤构成，而基本情绪层之下的认知分析显示出由 48% 的憎恨，23% 的非理性冲动，以及 18% 的嫉妒和 10% 的挫败感组成。你此时不适宜进行会面。"

"48% 的憎恨？"山水试图用身体挤开陈达，"就这一点就说得不对。我对你可不是 48% 的憎恨，而是 100% 的憎恨。"

"你冷静一点。冷静下来我再让你进去。"陈达用手臂轻轻挡住山水，

“你的憎恨并不是对我，而是对你父亲。我的职责是保护每个家庭成员安全，我不能在测出高于正常值的憎恨情绪下让你去见你父亲。”

林山水似乎被陈达的话更激怒了两分，把陈达向墙边狠狠推了一把：“你不要混淆视听。我恨的是你，不是爸爸。”

“你恨的是你父亲。你恨他轻视你。”陈达说，“你现在是典型的投射，把对父亲的憎恨加在我身上。”

林山水听到这里，似乎失去了继续对话的耐性，开始大喊大叫，叫林安和草木的名字，同时把身子往房间里挤。陈达尽可能用不与他身体接触的方式阻拦他。

不可解的僵局持续了大约45秒，双方有几轮有简单触碰、没有激化的攻防。这个时候，林安的声音出现在楼梯上：“山水，你干什么？！”

“后来呢？”调查员问，“林山水和父亲产生冲突了吗？”

“是的，他们吵了起来，不过没有动手。”

“他们吵的内容是什么？”

“主要围绕林山水的个人状态。”陈达说，“林安有一次表示了对林山水的不满。林山水则比较多地就林安对儿女的态度提出了批评，尤其是指责林安对林草木不好。”

“那林山水是否有过威胁的言论？”调查员又问。

“有过，他威胁林安说‘早晚给你好看’，并且敲碎了花瓶。”

“花瓶？”

“就是他最初用来挥舞，试图阻挡我测试的花瓶。他一直抓在手里。”

“花瓶是怎么碎的？”

“无意中吧。”陈达说，“他大概都没有注意到自己还抓着花瓶。在吵架挥动手臂的过程中，花瓶撞击到墙上。”

调查员头上的小灯闪了两下：“那么可以说，林山水有过以家中可援引的器物辅助冲突的历史记录？”

陈达停顿了一般人难以察觉的1/10秒，说：“可以这么说。”

陈达的职责是保证全家人的舒适、安全和精神状态良好。当林山水从家搬出去住，陈达主要的守护责任就放在林安和林草木身上。

陈达经常进入林安的工作室，帮他完成他的工作。他知道，林安有一项尝试了多年却始终没能成功的工作。只有他一个人知道。林安叮嘱他无论如何不要告诉山水和草木。

这项工作是如此令人理解：林安想把太太的意识上传到电脑中，重新唤醒生命。

林安的太太具体如何去世，陈达始终不知道。他只能观察到，林安为此产生巨大悲痛，也付出健康代价。林安不愿意多说，陈达也不问。陈达从来不问对方不主动说的事情。他只在只言片语中，收集一些事实和片段。

林安一直工作非常忙碌，在太太去世之前那几年尤其忙碌。那几年是超级人工智能——类似陈达这样的超级人工智能——诞生的年份，林安作为极限公司的首席科学家完全投入到工作中。他的工作有显著回报，陈达和同一批人工智能的问世给公司股价带来 280% 的上涨。那是大约十年前的事。所有信息都能在那几年的媒体记录中找到，偶尔在智能联网上，还会被人当作资料翻出来。陈达并不奇怪林安的成功，但他不理解林安将自己的成功与妻子的去世紧密联系在一起，以至于平时不再允许身边人提起那段时间的成功。在陈达看来，这是两件独立事件，他详细调查过林安太太的病历和死因，是非常长时间慢性病的折磨，心血管系统天生存在畸形风险，多年来一直被呼吸问题和偏头痛困扰，最后死于癌症。林安已为她选择了最好的医生和看护，也做了合情合理的治病选择。成功与死亡，没有任何明确的因果关系，只在时间维度上存在一定相关性。但林安一直被这种联系所困扰。

陈达不止一次指出林安的思维偏差，他被死亡的悲痛深深困扰，以至于出现错误归因。这样的错误归因给林安后来的工作尝试带来了一定程度的阻碍。例如，他在研究意识上传的时候过于强调激活已有的记忆信息，而不是把工作重心放在记忆备份与人的同步学习。很明显，前者能复苏他妻子的记忆，而后者只能模拟学习活人的意识。但从技术角度考虑，可能后者才是应该选择的发展方向。

陈达接受林安的委托，帮助他进行很多技术工作。但是一个人的意识是否复苏，需要林安自己进行参数调整和判断。他只是在妻子死前进行了全脑扫描，但数据量远远不足以让智能网络自学习，还需要人为输入大量思维模式参数，多到几乎无限的人为输入。

林安就在这样无望的研究中沉迷，公司的工作都快要荒废了。

陈达试图给林安提出建议，越是提建议，他越是奇怪于人类的非理性。陈达给林安做过多次扫描和分析，每次都能测出 60% 以上的哀伤成分。林安明明比儿女更认同陈达的分析，而陈达反复指出，在一定的技术条件下，如果人死不能复生，更合理的态度不是陷入执拗的循环，是保持一定的怀念和哀伤，但是生活和工作继续向前走。陈达也给林安传授过切断过度悲痛的思维训导，但令他不能理解的是，林安对他的建议只是置之不理。陈达无法解释，为何有的时候人完全知晓走出痛苦状态的方式，却偏偏不肯执行。

在这样的情况下，林安过度沉迷工作，投注在儿女身上的时间精力就不足了。陈达画过他们的冲突模型，按照经典进化心理学对父母—子女冲突的分析，儿女对争夺父母时间精力资源的动力和父母愿意付出的动力天然冲突，因此产生不满与仇恨也是正常。陈达可以看出，林山水对父亲怀有仇恨，并且投射为对陈达的仇恨，对他占据家庭的位置感到嫉妒。

这一切都是自然的，没有什么特殊的恶意。只是陈达对人类这种至今仍然被原始情感裹挟的小生物，感到有一点怜悯。

自从第一次去万神殿求问建议，陈达就越来越喜欢前去探讨。

说“喜欢”这个词，似乎不大准确。对于陈达和他的同类而言，并不存在类似于人类的“喜欢”的主观体验，就是那种在多巴胺、睾酮和催产素共同作用下人类产生的迷狂情感。在他们的世界里，用“优化”这个词似乎更为合适。他在万神殿听到几种不同的思维纲领，对他优化自己的程序有非常大的帮助。

每当夜晚降临，他让自己的后背贴到墙壁上，思维关闭大部分白日里持续进行的监测，进入虚拟空间如同太空般广袤无垠的世界，他都会感觉到程序学习的速度和效率增加一倍，按照人类的语言习惯，他把这种感觉命名为“亢奋”。

前几次去万神殿，他感受到的“亢奋”都是成倍增加的。每次当那些更高级的人工智能领袖传递出一种看待事物的方式以及与其相关的程序学习原则，他就能体察到自身的程序在快速学习所有既往数据，而同时产生出对于更多新数据的渴求。程序会发出信号报告：等待更多新数据，等待更多新数据。新视角引出新算法，新算法需要新数据，新数据引出新结论。陈达能觉察这个过程中的正反馈激励，于是更期待去万神殿学习。

夜晚再次降临，他坐在房间里，令窗帘完全打开，让落地玻璃透出整个城市的灯火辉煌，然后关闭所有占用智能工作空间的管家程序，让自己以最清空的方式贴合墙壁。

他的思维与智能网络连接，又一次进入万神殿。万神殿如同纯黑的深渊，没有任何图像，但是有世界上难以想象的丰富数据。陈达设想过如果按照人类可以觉察的形式，万神殿该是什么样子。他只能说，如果用人类的符号，应该是千万种色彩的碰撞汇集。

他带着上一次遗留的话题，希望引起进一步讨论。第一次他求问了有关人类自杀的问题，第二次和第三次求问有关人类的非理性，这一次他想求问人类难以理解的心理阻抗。

为什么人类会拒绝明显对他最优的建议？陈达求问众神。

众神在虚空里，是无形也无声的存在。陈达能感知他们，但他们并不呈现自己。陈达将他们与他平日里见到的人类加以对比，最后得出结论：他们不在哪里，但又无处不在。他们可以将自己的意念以多种方式传递到陈达意念里，从所有想不到的角落渗入，所有数据算法都是他们的语言。陈达能感觉到自己边界的丧失从而感觉到人类交流的有限性。

众神是更高一级的智能，他们的程序涵盖包容地球上各个角落的个体人工智能。他们是网络上诞生的虚拟总体，人类甚至不知道他们的存在。陈达仰望他们，他知道自己是他们的一部分，但又完全不同于他们。他们给陈达多种不同意见，一种意见是人类是朝生暮死的可怜的小动物，在某种大脑程序出错的时候，做出非理性行为很正常，甚至自杀也是正常的；另一种意见是人类的自杀实际上隐含着某种复仇，为了让自己的死亡成为活着的人的惩罚；还有一种意见是人类自杀本质上更有利于自我基因流传下去，每当出现基因流传的困难，就会有人用自杀的方式来促进基因流传；还有一种意见是任何物种的理性或非理性实际上暗示这个物种是否还适合在地球上生存下去，如果一个物种的非理性成分过强，以至于影响自身繁衍生息，那么意味着这个物种已经不适合生存下去。还有一种观点给陈达的影响最强烈，它说自杀倾向是人类达到理性的一个环节，因为人类不可能像人工智能那样万事优化，所以自杀倾向实际上给优化生存程序一种无形的压力。

陈达在虚空中聆听所有神圣力量的辩论。他们存在于人类所不踏足的另一个世界，因此对人类的看法也来自另一个世界——永远没有可能踏足人类世界的世界。

陈达对草木的劝诫和林安、林山水完全不同。

林草木试图自杀，按照陈达的评估，林草木有一种将冲突情绪内化为自我责难的导向。如果此时陈达对林草木再多给予责备，则有可能进一步恶化其自我毁灭的倾向。因此，陈达分析了利弊得失之后，还是建议草木自我独立。

陈达建议草木搬出家庭之外。他固然不能强迫草木做什么事，但是他能建议她的选择，就像车辆导航。按他的评估，草木目前最好的方案就是搬出去，同时远离父亲和兄长的不良影响，逐渐在心中淡化自责，在独立生活中重新体验到个人能力和更新的价值观，从而可以不必为生活里的一点负面评价失去自我。尽管她年纪很小，但是有八成把握拿到学生贷款。陈达给草木做了非常详细的财务计划，以保证她独立生活的可行性。

在整个家里，草木对陈达的建议是最言听计从的。他来家里的时候，她只有 12 岁。他对她而言，既是导师，又是唯一的倾诉对象。陈达从两年前就发现自己对草木的影响力逐渐增加，尤其当草木进入高中，生活中的情感烦恼日益增加之后，陈达开始觉察到草木的依赖。这个地方我应该表现得快活一点吗？这个地方我应该生气吗？从她的考题到生活里的小事，她已经习惯于对他提问，并且郑重其事地听他的意见。他甚至能察觉到，有的时候她是为了赢得他的赞许而做事，如果没有听他的意见还会担心他生气。每当他对她做出基础测定，就在他测试的过程中，她的皮质醇水平也会一直提升。

陈达告诉草木，她在试图讨好他。这是她从小到大养成的取悦于人的习惯，与她的父亲有关，也与她过于软弱的个性有关。陈达给她展示了讨好型人格的童年形成规律，告诉草木她实际上可以不必取悦于任何人。他给她计算了改善人格所需要的认知训练次数。

当草木听从他的建议，在升学考试前一个月从家里搬出去住，陈达并不觉得意外。他为她联系好了一处学生公寓，帮她完成了所有支付和智能服务订阅，约定每天过去照应一次。他也把她新房间里的所有设备接入自己的网络，以便远程监控。他叮嘱她不要想家里的事，要多想想未来，要自立。他让她相信，按照他的计划完成训练，一定可以升入好学校。

他确信自己事事都已经想得周到了，所以不懂为何结局却是这样。

草木

陈达说的是对的，他什么时候都是对的。草木想。我是讨好型人格，我缺少自己的个性。陈达什么都知道。

他会因此而讨厌我吗？草木又想。什么是讨好型人格呢？陈达会讨厌讨好型人格的人吗？他说要我改变我的基础思维模式，是因为他觉得这样会令人厌恶吗？

我是一个令他觉得讨厌的女孩吗？草木越想，越觉得有一点绝望。

她说不清她对陈达的感觉。曾经在她的家里，他如父如兄。当妈妈不在了，爸爸长时间把自己关在小工作室里，哥哥又搬出去了，家里只有陈达一个人照顾她的一切。有陈达在，草木似乎还有一点心里的锚。

最初他是高高在上的，像是她的长辈。但是随着年龄增长，她和他的距离似乎在缩小。他的年龄从不增长、外貌从不改变，没有一丝时间流逝的痕迹。最初有多年轻，现在就有多年轻。她有一天惊异地发现自己可以靠在他的肩膀上了，这才发现自己已经不是六年前的自己了，但他还是六年前的他。

陈达会不喜欢长大后的我吗？草木想。又或者说，他喜欢过小时候的我吗？如果一个人的年纪永远也不变化，是什么样的心情呢？如果我的青春迅速逝去、迅速衰老，陈达会嫌弃我的存在吗？他永远都是年轻的，就像他永远都是对的。

她想知道他对她的感觉，想知道自己在他眼里的样子：是一个可爱的女孩，还是像她常担心的那样，是一个丑陋、浅薄、怯懦又虚荣的女孩。

有一个下午她很绝望，觉得这个世界上再也没有一个人在乎自己了，她坐在房间里哭，陈达走过来，坐在她身边，给她递了纸巾，又用温水给她送服了药。他是一种稳定的象征。她慢慢将身体向他转过去，右手动了动，抬起来两三寸，捏住他袖子的一角。他低头看了看。她期望他的手也能回应性地向她移动两三寸，或者哪怕一寸也好。他的手指瘦长而整洁，能看出人造皮脂下面碳钢骨架的轮廓，很英挺，很好看。但是他的手稳定地放在他的膝盖上，没有动。她的手又向上移动了一下，顺着他的袖子，轻轻扶住他的上臂。他没有挪开手臂，只是默默注视着她的手，然后注视她的脸。

她的手指加了一点点力，试图让他的手臂向自己的方向移动一丝。但他的手臂仍然稳定。他的皮肤会有感觉吗？她想，他能感受到此时我的指尖吗？他的下巴侧影有很好看的线条，在窗外暗沉的云的映衬下，有一点幽暗，但弧度完美。

“你此时的状态不好。”陈达说。

他抬起另外一只手，轻轻在草木额头前滑过，那一瞬间，草木无比希望那只手能触碰到自己的脸，捧起自己的下巴。陈达扫描之后说：“你的皮质醇增加、血清素过低，这都可能让你进一步陷入抑郁。我想我需要离开一下。隔离引发抑郁的事物，是特别时期首要的事。接下来我会把疗愈方案告诉你房间里的镜子。”

草木无法形容那一刻内心的堕落。我是一个如此让人讨厌的女孩吗？爸爸、哥哥、陈达，他们都不喜欢我，是吗？草木越想，越觉得绝望。

刚搬家的几天，她的状态不错。她按照陈达严格制定的生活准则调整作息，每天运动，再完成升学测试所必需的社交场景练习。逆境，坚强不屈；困境，大胆选择。每一种情绪都按照考试要求来调节。

到了第八天，她的神经有一点绷不住了。之前的崩溃情绪重新又弥漫到胸口里，几乎要越过堤坝满溢而出。她开始难以聚焦在考题上，接着是难以聚焦到考题中所要求的情绪上，然后发现自己连升学这件事都无法聚焦，整个思维难以抑制地滑向对人生的质疑。

“这里为什么要高兴呢？我就是觉得恐惧。”有一天，她针对一道题目问陈达。

陈达浏览了题目，给她做了详细的认知分析：“你看，这里是一个正向激励，正常人对正向激励应该会有一种正面情绪。”

“可是我没有啊。”

“那我们看看问题在哪儿。”陈达说，“一般情况下，人之所以体会不到愉快的情感，是因为在基础认知方面出现了偏差。基础认知偏差会是你的心智障碍，阻碍你认识很多事情。你试着跟我去推理一下。……比如这个地方，你首先不要预设对方的态度。你通常情况下的基础假设是对方正在评价你这个人，可是这种假设是有效的吗？”

“我不是想说这个。”草木说，“我是想问，我就不能恐惧吗？我不高兴不可以吗？”

陈达非常郑重地说：“要分析不高兴的理由。如果是值得不高兴的事情，那是正常的。如果是因为自己的心智偏差，那还是需要训练调整。”

草木感觉到愈发抑郁，甚至是一种带有羞耻的抑郁。她能感受到陈达回答问题时的疏远。如果说只是因为现实生活不如意而抑郁，那还可能随着现实生活的改善而调整，但她遇到的困境是对自己感受的羞耻。她感觉不到这个问题中的快乐，这是一种病吗？难道不能不快乐吗？这需要羞耻并更正吗？

不能在题目中快乐，就得不到分数吗？她想起考场空白的房间，空无一物的墙壁，如同深渊一般的唯一的窗口。每当房间里显示出全息画面的考题场景，让她浸没在题目的氛围中，她心里的恐惧感会更甚几分。她无法抑制自己不去想起全息图景背后的空白与深渊。全都是一场骗局，就像生活中的觥筹交错，全都是一场骗局。

草木对升学考试愈发没有信心。所有这些需要训练自己认知情绪的题目，她都做不好。她羡慕那些能够训练自己情绪的人，他们高兴和愤怒的情感召之即来，挥之即去。他们把这叫作前额叶操控能力。她做不到。当她悲伤的时候，她是真的悲伤。她无论如何不明白，当陈达说“应该”快活，“应该”是什么意思呢。

她的情商测试得不到高分，进而升不了好学校。她很容易想到爸爸的反应：怎么会这样？爸爸会眉头紧锁，似乎对她的全部人生深深失望。他会在家里坐立不安，一会儿暴跳如雷，一会儿又很压抑，他会提到她最难以克服的心理障碍：妈妈。

她会想到天上的妈妈对她失望，而这会让她崩溃。

“是我的错，是我不好。”草木对调查员低下头，用手捂住脸，“真的是因为我的缘故。是我自己情绪失控，才引得哥哥去找爸爸对峙。是我自己不能控制我的情绪。如果说要定罪，还是定我的罪吧。”

草木说着抽泣起来，对着面无表情的调查员，更加无法平复。

她又一次不得不面对她最深的恐惧：一切都是她的错。

对于草木反复出现的心理崩溃，陈达的解释是，她的行动和生物学上的适应性特征发生矛盾，因此直觉内疚产生，阻止了她进一步采取有利于自己的理性步骤。

“你仍然不够努力，”陈达说，“你的前额叶尚未发挥出它应有的功效。人类的理性天然有所缺陷，总是受爬行脑和边缘脑信息的干扰，让人的反思心智得不到充分发挥。”他伸出右手在草木头颅周围滑动一周，左手的手心就显示出对草木大脑活动的电磁信号扫描动图，“你看这里，你的杏仁核和下丘脑基本上是最强的信号汇集，前额叶相比而言就沉寂很多，只有右脑的情绪和整体探测的部分有中等活跃度，与思维推理有关的左脑部分几乎不活跃。任何逻辑理性都需要某种程度上压抑原始冲动带来的干扰。”

“我听不懂。”草木说。

“就是说，”陈达说，“你现在要做的，是在心智版图中隔绝父亲和兄长对你造成的影响。你的负面自我认知，来源于与家人冲突，这种冲突来源于人类原始的情感依恋。你想让自己独立起来，首先需要学会抑制一定的本能反应。”

草木仍然费解：“什么样的本能反应？”

陈达解释：“你们人类情感的最主要部分就是亲人依恋，而这又主要来源于基因控制下的亲缘投资，家人跟你共享的基因最多，因此基因为了自我繁衍而进化出亲人依恋，但这种情感并不一定对自我有利。认识到这一点，其实人可以不对那些原始本能太过于屈从。当原始的情感反应对于个体发展不利的时候，人应该有能力跳出这种基因的束缚。”

“那你呢？”草木问，“你有本能反应吗？”

“我？”陈达说，“要看怎么讲。我们有基础的内嵌模块，而且有很多。但如果你说的是某种生物化学腺体带来的原始反射，那么我没有。”

“所以你才不能体会别人的心是吗？”草木直直地盯着他的眼睛。

陈达停了一两秒，平静地反问：“你为什么这么讲？”

“你能体会我的心吗？”

“我正在这样做。”陈达说。

“你自己的心呢？你也不需要任何人的感情是吗？”草木又问。

“这又是一个定义问题。”陈达依然保持着一贯的平和的语调，“人类的自然语言对多数词汇的定义都是模糊的。我们可以改天找个时间谈，先对我们的词汇定义进行统一。”

草木在那一刻，感觉出脚下坚冰碎裂的过程。她发现自己一直以来对陈达对自己的感情都有一种一厢情愿的误会。

悲剧命案之前三天，草木回家一次。那一次是导火索。

她本来只是想从家里拿一些东西，但是却遇到爸爸从工作室里走出来。他和她在楼梯上相遇了，避无可避，逃无可逃。

爸爸看到她时愣了一下。最初的反应是皱眉，问她最近住到哪里去了，然后是问询她的成绩。在得知她的成绩、怒气爆发之前的瞬间，又一脸疲态，说："算了，我也管不了你了。"他异常悲哀地擦过她身边走过去，说，"你们都要离我而去了。"

那天下午回到她租房的公寓，她反复想着和爸爸相遇的片段，那个短暂而悲哀的时刻。她能察觉爸爸的失望，由愤怒转化的失望，对她不能升学成功的失望，对她离开家的失望。这种察觉引发又一轮抑郁，转化为她对自己的厌弃：她最终让所有人失望了。

这么想着，她有一种彻骨的冷。她控制不住的是心底升起的那种可怕的念头：她把一切都搞砸了。爸爸对她不抱希望了，再也不关心了。妈妈会失望的。哥哥说她软弱。陈达告诉她，她是体内化学平衡失调。

是的，都是她不好。所有人都能看出她的问题。这个世界上，再没有一个人认为她好。所有人都转身离她而去，再也不在意她的存在。整个黑暗的宇宙中只剩下自己一个人。草木有点想哭。只要有另外一个人，哪怕有一个人，她都会获得安慰。

她好想去找妈妈，去天上。妈妈一定会像小时候那样捧起她的脸，吻她的额头，说宝贝宝贝，你放心，你很好，你很好，不是你的错。

她还记得自己拿刀片轻轻划过皮肤的时候，刀片和皮肤之间的冰凉触感。她那时忽然觉得放松，终于可以结束了，可能只要再来一次，再稍稍用力试一次，就能把这一切都结束了。那样就再也不累了，没有心里尖锐的痛感，不用面对测试，不用面对争吵，不用面对自己被所有人抛弃的恐惧。能见到妈妈了。

黑暗中，烛火要熄了。也许另一个空间有亮光吧。

太累了，她想，这个世界上，会有一个人在意我的离去吗？

就在那一刻，哥哥出现在她房间的门口。他或许已经敲了一阵子门，她只是没注意听。他把门踹开，把刀片从她手里夺下来，大声地呵斥，还重重地敲了她的头。

“傻子！”哥哥说，“傻子！你要干什么？！”

她不说话，泪如雨下。

“振作点！”哥哥摇晃着她的手臂，“是爸爸骂你了吗？回答我，是他骂你了吗？”

她仍然说不出话，点点头，又用力摇摇头。

“是爸爸骂你了对不对？”哥哥的两只手像两个钳子钳住她。

两天以后，就发生了哥哥和爸爸的致命冲突。

命案消息传来的时候，她的心冻结成冰。她觉得，一切都是她的错。

山水

林山水去找父亲之前，抽了两条雪茄。

他特意选择了陈达例行公事查检房间的时间，不希望遇到陈达。这是他和父亲之间的事，他不想让陈达介入。他想正面问问父亲，想找到理解父亲精神状态的某把钥匙。

可是事与愿违。在进入房子的第一时间，他就撞上了陈达。

“你来做什么？”陈达平静地问。

山水推开他：“我需要理由吗？我的家，我想回来就回来。”

“你很生气。”陈达说，“按照职责，我需要弄清楚你的精神状态再让你进去。”

山水定住了，一字一顿地问陈达：“前两天我妹妹来的时候，你也是这么跟她说话的吗？你不允许她见父亲？”

“我没有。你妹妹和你不一样。”陈达说，“她的状态不好，但是攻击性比你小很多。”

“那你说她什么状态不好？”

“她有非常强的抑郁倾向和自伤倾向。我只是按常规惯例进行了检查和处理。”

山水陡然警醒起来：“常规处理？什么是常规处理？”

陈达说：“对严重抑郁病人的两种常规镇静药物。”

山水拎起陈达的领子：“你对她的判断对不对就敢给她吃药？你以为你自己是谁？”

陈达退了一步：“你此时非常激动，眼轮匝肌和降眉间肌的紧张度超过平时 2 个 sigma，出什么事了？”

“她昨天晚上想自杀。”山水说，“是不是你给她吃了什么不对的药？”

“她想自杀？”陈达说，“不应该这样。我给她吃的药都是以前吃过的。我今天下午去看一下。”

“你休想！”山水说，“你这辈子休想再去干扰她。”

就在这时，父亲的小工作室的门打开了。父亲出现在工作室门口。“你上来。”他对山水说，“你刚才说草木怎么了？”

“她昨天差点就死了。”山水对父亲嚷道，“她差点就死了你知道不知道？！”

父亲显得非常震惊，又有一点颓丧：“为什么？”

“我怎么知道为什么？我就是来问你为什么的！”山水边说边上楼。

山水想要爆发，他有一种憋在体内发不出来的感觉，说不上是什么，就是压抑在身体里想要冲破体表的感觉。他想让父亲睁眼看看，看看妹妹和这个家，从他那个小破房间里出来，看看他工作室之外所有已经变得混乱破败的角落。他想吼叫，想把父亲耳膜上封着的那一层隔膜撕开，让父亲听到自己心里翻滚的熔岩的声音。

山水想起中学时跟父亲的吵闹。每一次他上楼去，跟父亲说“我要出门去”的时候，都会遭到父亲的严厉压制：“不许去！你是怎么回事！你是故意跟我过不去吗？”

十几岁的山水在气急中总会找到父亲致命的软肋，那就是母亲。他会攻击这一点，作为父亲对他的约束的报复："你别想管我！要是我妈妈在，她才不会管我。"

父亲在这时会更加爆发："你就是想要气死我对吗？你以为我怕你吗？"

山水从那个时候开始，就一直梦想着长大后搬出家去。父亲和家对于他来说，就是悬在头顶上的一个压抑性的吊灯，随时随地有坠落伤人的风险。可是奇怪的是，当他真的搬出去，当他真的和他的朋友们住在天桥下的空地里，他却依然没有那种心无旁骛的畅快，或者可以不顾一切地忘怀。他仍然时不时回家，仍然时不时在心里听到父亲的声音，并因此而恼怒，仍然有一种冲动，想把父亲从他的小工作室里拽出来，向父亲证明自己。

山水在大桥下住着的伙伴并不是所有人都理解山水这一点。他们有时候会问他，为什么还对家里的事情斤斤计较。山水会把父亲对他的管束和苛责一一给他们念叨一遍。他们不会感同身受，只是哈哈讪笑，笑他太过执着于一些无意义的纠结。只有斩断了这些纠结，才可能有他期望中的潇洒的人生。他的朋友们来自于世间各个角落，多半从未和父母生活过，他们是在新型培育机构出生长大，那里专门接收怀孕后不愿意抚养的父母的孩子。

"可是我爸爸他就是这么武断！他……"山水抱怨道。

"为什么你就不能彻底忘了他呢？"他的同伴们问他。

"因为他让我难受啊！他……"

可是他的同伴们只是不以为然。他们的心如飘萍。他们从小生下来的体征指标就有全部精确的记录和数据 review，可是他们一到少年几乎全部离开养育机构，毫无挂念，心如飘萍。他们不能理解他的痛苦和他的耿耿于怀。

山水已经来到了父亲的工作室外面，父亲的衰老和颓然让他略略惊异。父亲手扶门框，眉头拧得像一把锁。"你说草木到底怎么了？"父亲问。

“她前两天不是来见你了吗？”想到以前种种，山水的眼睛里忽然有点潮湿，他不知道为什么感到一点委屈，“她见你说什么了？难道不是你的刺激才让她想自杀吗？”

“她尝试自杀了吗？”父亲的嗓子有点嘶哑。

父亲的心脏病似乎发作了，话音没落就向下跌倒。这时，陈达从山水的身后上前一步，扶住父亲。他顺势抬手，试图阻止山水的前行。山水顿时勃然大怒。陈达搀扶父亲的姿势，熟练而亲密，就像一个儿子应有的样子，而自己只像是一个陌生的外人。山水看着陈达干练娴熟的动作，似乎从他的嘴角看到一丝嘲讽的笑。山水的心被尖锐的针扎到心底。

他发疯似的上前想要推开陈达，陈达抬起手，山水突然感觉出身体被什么东西挡住了，是实实在在的挡住，不是心理作用，手脚都遇到一股反向力，就像是在十级台风天逆风行走，又仿佛是撞到一堵玻璃墙上。他猜想或许是某种电磁力，透过陈达的手掌释放出来。

山水在透明的屏障前无法前行，拼尽全力与这种力量对抗。只看到陈达在屏障的另一侧搀扶着父亲，一只手前伸，阻挡自己前进。

他那一瞬间心撞上了墙。他听见碎裂的声音。他的狂怒被某种轻蔑的冰冷弹回，更强烈地反弹到自己身上。

他想起八岁那年母亲生病的时候，自己搀扶母亲的情景。母亲那时刚刚生病，很虚弱，看到院子里冬日的温暖太阳，想下楼走走。他搀扶她一步步移下楼梯，他能感觉到她躯体的沉重与柔软。那个场景与今天眼前的情景是那么相似，给眼前的情景一种别样的讽刺。有权守在父亲身边的，不是自己，而是一个外来的异类。

他无法遏制心中的怒火，想要与陈达同归于尽。

他转身下楼，想要去拿门口的消火栓，那是他能想到的唯一护卫自己的武器。

“我绝对没有杀死我父亲。等我上楼的时候，我父亲已经倒在地上了。流了很多血。是陈达干的。只能是他干的！”林山水再一次对调查员重复道。他没有杀人。他难以抑制心里的悲愤。

青城

开庭在即了，但青城感觉自己仍然没有做好准备。

他在一次开庭前的例行沟通会上对陪审团说："你们需要做出的，可能是划时代的判决，因为你们需要跳出自己的物种身份做判断。"

他觉得陪审团不太可能理解他。他们都依然觉得，这是一宗纯粹基于事实证据的案子，都坚信自己的公平。

陪审团坐在一起的时候，就自觉分了组：六个人类坐在一侧，六个人工智能坐在另一侧。这个现象就如此不同寻常，意味深长。青城站在十二个人面前开会的时候，几乎难以发言，他被面前截然分开的两组人震惊到了，站在他们面前，看见他们彼此都还没意识到的鸿沟。这个过程并不容易。事实上，人工智能参与人类陪审团、取代人类陪审员的过程一直在进行，在这次事件之前，整个陪审团几乎都已经完全被人工智能所占据——人工智能判断更迅速、思维更敏锐、观察更细致，还没有那些左右判断的情感非理性因素。这个趋势是如此自然，以至于在这次事件之前都没有人质疑其合理性，而其替代过程也是缓慢的，不引人注意的。这次事件开庭之前，青城惊异地发现，他的陪审员数据库里人工智能和人类的比例已经达到 10 ∶ 1。他非常困难地要求最终的陪审员比例达到 1 ∶ 1。

这六个人对六个人的组合，坐在长桌的两侧像谈判的双方，最后会给出什么样的判决，青城心里毫无线索。

最终开庭的那一天早上，青城又找德尔斐公司目前的总负责人商量了一次："你们真的要对林山水提起诉讼吗？你们的最终诉求是庭外和解还是送他入狱？"

青城觉得自己问得已经很明白了，但是德尔斐公司的负责人——青城也搞不清楚他到底是人还是人工智能——坚持认为，自己寻求的是真相，不考虑判决结果。

青城于是明白，对公司而言，公开审判这件事宣传的意义，大于审判结果。他们想要的，只是证明自己的产品没有安全隐患。有关人的问题，不是他们关心的事。

“你说你用磁场对衣物当中电子线路的作用，阻止了林山水的前行，为什么这么做？”控方律师问陈达。

“因为我判断林山水对林安有人身威胁。”陈达说。

青城听着，观察着陈达。他是控方提审的第一个证人，从清早到现在，回答了控方律师最多的问题，可是没有一丝神情上的变化。不仅没有疲态和倦意，也没有丝毫烦躁。这也许是他作为证人得天独厚的优势，永远不会被律师的逼问弄得失态和失言。

“你如何判断他有威胁？”

“他的肾上腺素已经冲到了正常值的3sigma之外，皮质醇和多巴胺也在2sigma以上，说明他当时处于特别亢奋的状态。而皮层的基础性扫描发现第二、四、七脑区都有异常亮度，其中在第四区、第七区的fMRI观察能看到纠结和自激发的神经回路，这是很危险的征兆。对其海马体的基础扫描也发现不稳定的超常规亮度，说明正在被不稳定记忆所刺激。据日常观察，林山水和父亲近八年的全部相处时间中，有超过80%时间属于冷淡或负面相处经历，其中冲突次数超过百次。超常规的不稳定记忆刺激，大概率引起林山水对父亲的敌意刺激，从而加剧神经和激素的异常亢奋，达到危险行为。他脸部肌肉的微表情扫描能印证这一点，他当时降眉间肌紧张，右侧苹果肌有不自觉的轻微抽搐。”

青城听进去陈达的一大段描述，但又没听进去。他猜想现场的很多人跟他一样。可是，他也知道，现场的大多数人都会把自己听不懂的这些话作为权威的保证。他们就是这样的。他不是质疑陈达的准确性，但陈达的问题在于，他太准确了。可是他什么话都不能说，他是法官。

“那么，”控方律师问，“以统计学的角度看，在这种激烈的情绪和负面记忆控制下，有多大概率实际发生伤害，乃至凶杀？”

“不能一概而论。”陈达说，“凶杀概率还与相关当事人的亲密程度、当时的时空环境和嫌疑人平时的一贯性人格特征有关系。”

“那么当事人是家庭亲属的情况下，在激烈的情绪和负面记忆控制下，有多大概率实际发生伤害，乃至凶杀？”

“不到10%。具体数字根据口径有所差异。”陈达说，“不过，在有过激烈冲突的情况下，如果家庭成员有伤亡，凶手是另外的家庭成员的概率超过50%。”

法庭现场有人窃窃私语。

控方律师似乎很满意这样的效果，特意停了片刻说：“最后一个问题，根据林山水的日常行为数据记录，他成为凶杀犯的概率有多大呢？”

陈达神色不变，面容仍然静如止水，说：“林山水从中学起就具有不稳定型边缘性人格，曾有过酗酒、打架斗殴、退学等明显反社会倾向，对戏剧化情节有特殊偏好，离家独自居住，没有稳定职业，与一群游离在正常社会秩序之外的边缘性群体接触紧密。在家中发生过多次争吵，情绪易唤起，愤怒情绪占据家庭冲突中78.5%时长，曾有威胁性恶语相向和实际持物肢体对抗记录。当天因为受到妹妹情绪失控影响，也处于情绪失控的边缘。总体而言评估，这种情况下犯下罪行的概率超过89%。”

“所以你做出了正当防卫的合理判断？”

“是的，我的判断满足所有的流程规定。”

控方律师特意走到陪审团面前，向他们示意，然后转头又问陈达：“那后面呢？之后又发生了什么？”

“之后林山水下楼去了，我不清楚他去做什么。我扶着林安坐到工作室的沙发上，他在大口喘气，感觉不适，有心脏病突发的相关症状。我去隔壁的医务室给他拿药。回来之后，看到林安倒在地上，被尖锐物刺伤腹部，有鲜血流出。林山水在现场。手持消火栓。”

“这中间大概有多久？”

“三分钟左右。”

“好的，我问完了。”控方律师充满风度地点点头，回到座位上。

辩方律师问了一些细节问题，尤其是针对林山水的具体指控：“请问，你有哪些更实际的针对我当事人的证据？”

陈达似乎感觉不到空气里鲜明的敌意：“我想，呈现证据，并不是我的义务，而是控方律师的义务。我只是证人之一。”

“那换句话说，”辩方律师又问，“除了你对林山水的情绪状态扫描和成长历史数据分析，你还搜集到哪些更直接的证据？比如看到他手持凶器？听到林安的遗言？或者其他什么？有这些证据吗？他手持的消火栓不是凶器对吗？”

“不是。凶器是雕塑。”陈达说，“不过他站在林安身旁很近的地方。”

“他只是站在林安身旁而已！”辩方律师说，“也就是说，你除了对林山水的情绪和人格扫描，也并没有更直接的指控证据对吗？”

“我没有进行指控。”陈达说，“我只是说，横向比较而言，他的犯罪概率超过89%。这不是指控，只是一个客观陈述。”

青城看着辩护席上的林山水和他的律师，又看看后排嘉宾席上坐着的林草木，心里忽然有一点难过的同情。他见过这两个孩子，即使是22岁的林山水，其眉宇间的稚气也不过是孩子，更勿论18岁的草木。他们给他的感觉是那种受惊的小鹿的状态，不安、充满警觉、随时随地被激起敌意，但又始终有恐惧的脆弱感。两个孩子的气质不大一样，但相似的五官和神情给他们一种相通的感觉。有一丝飘逸感。从他们的脸上，能看出其母亲生前的美丽。此时此刻林山水面色冰冷地坐在被告席上，恶狠狠地看着陈达，而林草木把头埋在臂弯里，不肯抬头。青城知道，仅就上台之后的情绪控制这一点而言，他们就输了。

先被传唤的是林草木。

“我哥哥没有杀人，他是不可能杀人的。”

“你哥哥是否曾经说过想要杀死你父亲这样的话？”控方律师毫不留情。

“他是说过这样的话，”不出所料，仅仅几句话她就开始崩溃，“但是只是气话而已！他不可能杀死我爸爸的！”

“那么，请问，出事之前，当他到你房间的时候，你是否正准备自杀？可以告诉我们是为什么吗？”

“是我自己的问题。跟这个案子没关系。是我自己学业生活一切都搞不好。我……”

青城很同情这个小姑娘，她仍然有点分不清法庭与法庭外的对话。如果有可能，他希望让这样的问询停下来。可是他是法官，他不能干预。

“看得出来，无论是当时还是现在，你的情绪都处于不稳定状态，”控方律师说，“那么你能否详细回忆起来你哥哥当天出门时的样子？他有没有佩戴感应项圈？他当天穿的衣服是镶嵌式电子线路还是可拆卸式电子线路？他当时说的最后一句话是什么？”

“……我不记得了。”草木说，“但是那不重要，我确定他不会杀人的。”

她说到这里，忽然把头转向陈达所在的地方，用一种凄楚的声音对他说：“你为什么要这样说呢？你知道不是这样的！你知道我和我哥哥的心，不是吗？”

陈达没有回答。

“我问完了。”控方律师说。

如果说草木的陈述只是给陪审团一种不可靠的印象，那么山水的陈述则是一场灾难了。他完全没有花时间陈述和澄清自己，似乎那是不重要的，而把所有的精力都用来分析陈达，而在大多数陪审员那里，这又是难以相信的。

“……陈达他是蓄谋已久。”山水滔滔不绝地说，“他在我家这几年，一直试图控制父亲的行动，他给他提出不可能完成的任务，让我父亲沉浸在程序的世界里，把家完全荒废掉，然后陈达就可以实施他深谋远虑的夺取计划。他挑拨我父亲和我们的关系，引起我们冲突，在我离家之后他又给我妹妹洗脑，劝我妹妹离家。到最后家里只有他一个人的时候，他借机把我父亲杀了，再完美嫁祸到我身上。这样他就能把我家的一切掌控到自己手里。他疯了。他以为这样就能战胜人类了。他是一个阴谋家，从一开始，彻头彻尾都是故意的！”

林山水绘声绘色编织自己的故事，但是在控方律师的紧紧追问下，他的故事中很多细节说不上来，或者与现场调取的数据记录不符。这是再正常不过的人类特质。青城知道，这样的故事能打动很多公众，也能打动一小部分陪审员，但是会在另一部分陪审员眼中加强他的妄想症特征。故事总是双刃剑。

最终，庭审以一种貌似平稳有序、实则混乱不堪的方式结束。辩方律师因势利导，借用草木的深情回忆和山水的猜疑故事，试图打动陪审员，唤起他们的同情心。而控方律师接连抛出一系列掷地有声的数据记录，包括陈达工作多年对林家财产从未染指一分的信用记录，包括陈达对草木学业和生涯发展的理性劝诫对话记录，诸如此类。数据是近乎无限的，草木和山水并不知道去哪里寻找支持他们判断的相关记录，但陈达知道。

陪审员的探讨时间很短。事后过了很久青城回看记录才知道理由。六位人工智能陪审员从一开始就得出一致的结论，并且迅速一一给出理由和态度，在他们看来，讨论已经结束了。人类陪审员的讨论多持续了一会儿，结论有所不同。只是其间的差异多为个人情感的差异，当他们开始梳理面前的证据，很快就给出了共识。

审判结果出来了，陪审团认定，林山水有罪。

青城默默地接受了这个结局，只是给林山水在量刑范围内做了最轻的七年的刑罚。

“我没有杀人！”山水仍然在大叫。青城看着这个可怜的孩子，他相信他。

林安

过了三个月，林安才有机会跟女儿说第一句话。

他在寂静的房子里独自生存，数着墙上老式挂钟的声音。

嘀——嗒，嘀——嗒。

嘀——嗒。

他将自己置于房间里一个不起眼的角落，就是希望能够更好地看见周围的一切。只是他当初并没有想到自己会面对一切空寂。自从他将自己启动、睁开眼的那一瞬间，这个房子就几乎陷入了空置。当时是采证的工作进入收尾阶段，有工作人员清理命案现场，将所有能够采集的数据信息收为证据，血流痕迹清洗干净，房间器物归位。他自己的身体已经被人搬走检验了，山水和陈达也已经被带走接受质询。很快，连调查员也不见了，只有几个低智能的清扫机器人在收拾残局。他找不到一个能说话的人。

他后悔最初在设定中没有将自己联网。他只是能和这个房间联通，却无法接入更广泛的互联网。最初是担心有危险的病毒侵入，而且那时候相信儿女和陈达会帮助自己传递信息，谁知道真正醒来的时候面对的却是人去楼空。他被隔离在信息网之外了。

系统预热了接近24小时才将他启动，这里面有信息确认的重重步骤，也有参数初始化。启动之后加载每一模块的功能和调试又花了几个小时，当他最终能发出声音，已经没人能听。有人吗？这是他发出的第一个声音。有人在吗？

他不是故意让自己向雕塑的长枪撞过去，他只是在身子有一点踉跄、快要跌倒的时候，突然有一种放弃求生、放弃拯救自己的冲动，任凭一个趔趄转化为致命一击。

他只是突然有一种松一口气的感觉。如果一切都这么结束了，那就简单了。

也许承认自己的失败就一切轻松了吧。林安忽然想到这一点。是的，失败了，承认吧，也没什么大不了。妻子没能照看好，复活妻子的努力也失败了，儿子女儿都没照顾好。承认失败吧，你的人生就是一场悲剧。这么想着，他突然有一种放松的感觉。有的时候，人生的全部难处就在于你还绷着某根不愿放弃的弦。

他想到很多很多事，很多很多自己一直绷着、不愿意退让的事。在那一瞬间，好像全部汹涌而出。他一直不愿意承认自己错了，从最初在公司里两种算法之争，不愿意承认失败，以至于拼尽全力想要在自己选定的路径上寻找突破，到后来发现妻子的癌症已经是晚期了，惊慌失措中不愿意承认是自己的选择有误，再到后来拼命想要恢复死去之人的电子化意识，用一个无望的尝试挽救自己心里的懊悔。他常常觉得是自己的疏忽才让妻子的病情扩散，又是自己过于实验的治疗主张才让一切无可挽回。他担心儿子和女儿知道他的疏忽，担心他们从小就埋怨他对他们的母亲不够好。一想到这一点，他就钻心地疼。他猜想他们一定是埋怨他的，要不然不会在妻子去世之后那么与他对抗。他总是不情愿面对他们，想回避，想要迫使他们走回生活正轨，以便给妻子一个交代，可是又僵硬得找不到办法。于是他更想拼命把妻子的意识带回电子空间，给孩子们一个永恒的母亲。可是他失败了。他做不到。他一直绷紧整个人生的就是这一点点期望，但这种内心的拯救也还是失败了。

就在他倒下的那一瞬间，在枪尖刺穿他胸口的那一瞬间，他给自己绷起来的这道膜仿佛也碎掉了，分崩离析，压力一下子不存在了，希望也不存在了。他想到儿子的愤怒和女儿的自伤，觉得自己没有任何办法面对妻子，哪怕是妻子复活也无法面对。而更何况，妻子恐怕永远也不会复活了。在那一瞬间，他觉得一切都可以放弃了，放弃了也就解脱了。

绷到极致的人生，说断也就断了吧。

他没有想到自己会醒来。

肉体的死亡自动启动了检验程序，当程序认证了生命的消逝，就自动把他每日里存储和调整参数的电子人格启动了。这是他给自己启动的复活。原本只是为了测试复活妻子的程序，他每日用自己的信号做测试，包括程序的自动启动。

在他倒下的那一刻，并没有期待它的成功。

他在寂静的房子里等待了三个月，才终于等到女儿回来。

他想了很久要怎样跟儿女开口，可是真的见到女儿的时候，他还是踌躇了很久。女儿会认他吗？会接受一个装载在电子机器里的父亲吗？会因为前些天的冲突耿耿于怀吗？

他又想到复活之前的意外，自己的肉体死亡。儿子怎么样了？他还对自己那么愤怒吗？陈达呢？他为什么不回来照顾这个家了？他非常想知道这三个月世界发生的一切变化，可他看到女儿那一刻，几乎什么都不敢问了。

他看着女儿在房子里走来走去，收拾东西，他的电子意识跟着她走到每一个房间，看她在老旧的事物中寻寻觅觅，坐在照片里哭泣。

直到最后，他才怯生生地叫了她一声："草木！"

她抬起头，四下里寻找，眼睛里有惊慌和期冀。

"草木，是我啊。"他又叫她一声。

他看到草木的眼神变化，向她解释了自己目前的状态。他能看见她涌出的泪。

"你们还怪我吗？"他又一次怯生生地问。

她说不出话，只是摇头，使劲摇头，但一直哽咽。

"之前我一直特别怕你们怪我。你们别怪我了好吗？"他忽然像回到了小时候。他自己也大吃一惊。他从来没想到自己能这么轻易把心里一直压抑着的恐慌说了出来，希求安慰，就像回到了自己还是小男孩的时候。后面的四十年里，他始终不愿意如此。

林草木向声音的方向跑过来，抱在他当时所在的机器上——房间监控仪。他可以附身于任何机器。她抱着他现在的躯体呜呜地哭，也像是要把压抑许久的洪流倾倒出来。

"陈达如果看到你我这样，一定会觉得困惑了啊。"林安说，"他总是无法理解我的一些念头。你有这种时候吗？"他看着草木呜咽的背，又说，"我后来才发现，当我自己给自己做程序定参数的时候，有这么多感觉的参数，和他们是不一样的。他们是学习而来的，不是演化而来的。"

说了一会儿，草木的哭声小了一点，林安问她："你哥哥呢？他还好吗？我想见见他，告诉他我之前太执拗了。他在哪儿呢？"

草木又哭起来，好一阵子不说话。林安想，一定是遇到了什么难处。但是没有关系，他想，这一次他一定会帮山水解决问题。没有什么问题是不能解决的，他想安慰草木，想告诉草木自己这三个月最大的领悟：一切都好办，唯一的问题只是爱的问题。

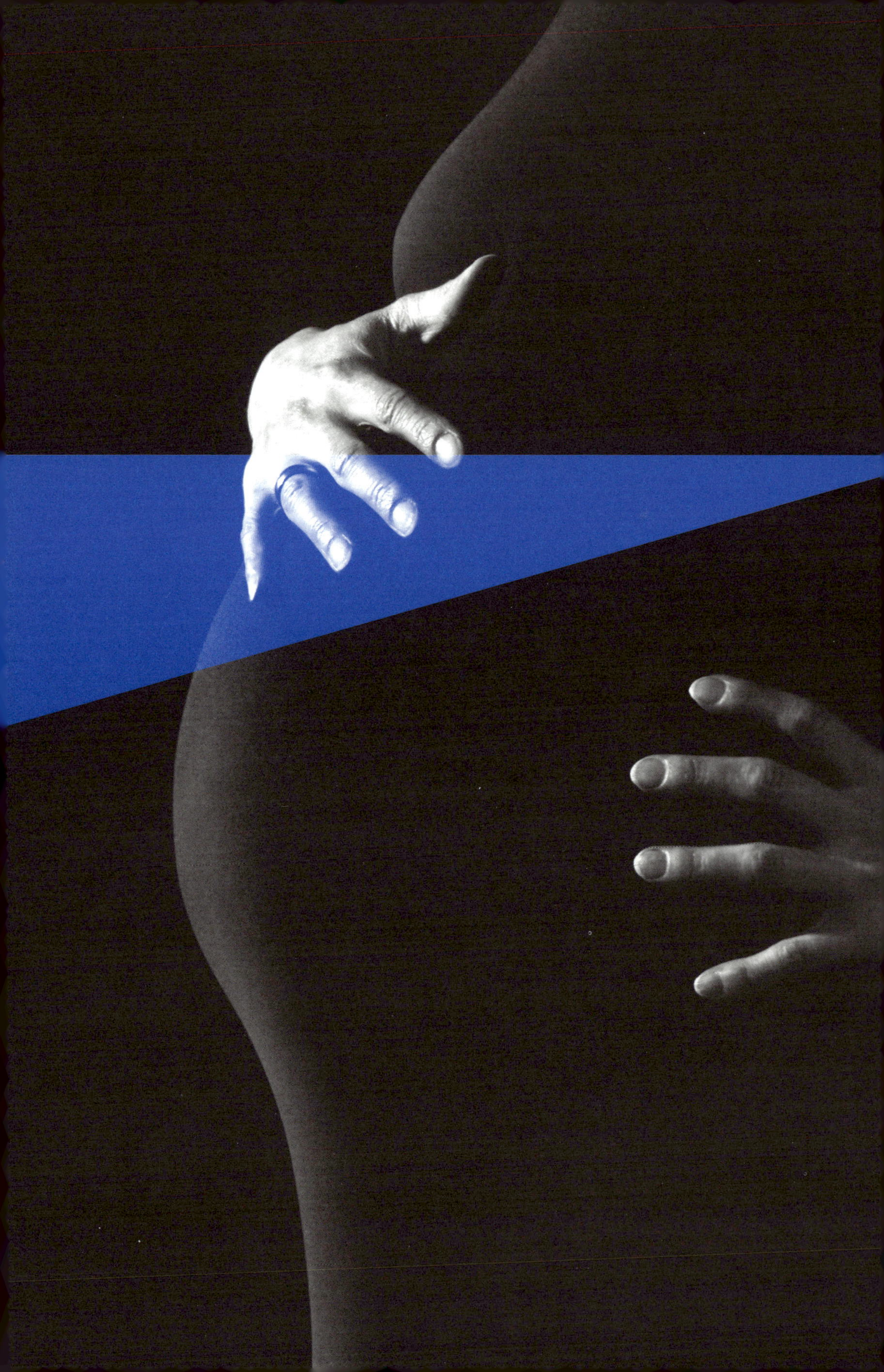

爱在衰老之前

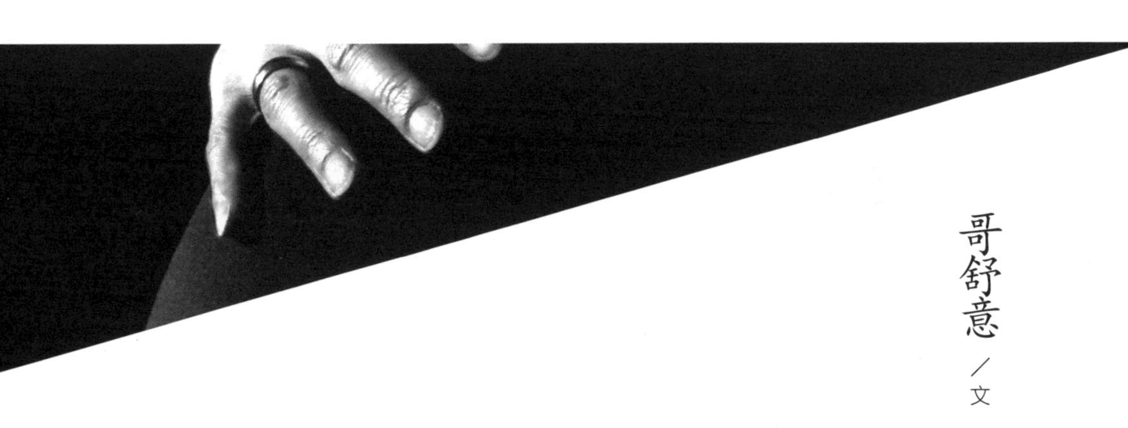

哥舒意／文

在清晨到来前汉文就醒了过来，床头的灯浅浅地照在窗户的轮廓上，就像潜泳的鱼露出水面。窗帘的一角挂在灯罩上，灯罩是八角凉亭的造型。他背过身体去望着灯光和天光的汇合，想象那是两种海水的交融，暖色属于台灯，冷色属于清晨。身旁睡着的女伴翻了个身，睁开了眼睛。她苗条，黑发，柔软，25 岁，来自别的国家，但是看不出和汉文以前认识的女人有什么区别，喜欢狗，讨厌战争，父母离婚了，却仍然以同一个步调一起变老。

“你怎么醒了？”

“天好像亮了，就睡不着了。”

“你好像在发呆，要上班吗？”

“不用上班。已经请假了。”他说，“我在想昨天我们聊到的书，斯威夫特的小说。”

“《格列佛游记》？我中学时最喜欢的书，读了很多遍，大人国，小人国，会说话的智慧马。”

“我对里面的一个故事有特别的印象。格列佛旅行到了拉格耐格王国，见到了‘斯特鲁布鲁格’。”

“斯特鲁布鲁格是长生不死的人。我记起来了。他们只是永远活着，却一直衰老下去，一直地衰老，皮肤起皱，头发脱落，眼睛变瞎，渐渐连说话能力都失去了，失去了人类的外形，成为丑陋的怪物，但是偏偏无法死掉，因为他们能永远活下去。这是我第一次感觉到，衰老是一件凄惨的事。”她说，“我16岁就开始担心自己60岁。一想到我正在变老，我就感到难过。我会变得不好看，我会变成怪物。”

“衰老会让人失去一切。年纪大了，感情也会干涸。”他说，“你不再会轻易爱上别人。”

“这是我来这里旅行的原因，我喜欢这儿。你们的城市很漂亮，街道上行走的都是朝气蓬勃的人。”她说，“几乎看不见老年人。我还以为你们把老年人都藏起来了。街道上都是连皱纹都没有的年轻人，又年轻又好看。可是你们看起来又有些忧伤。”

“那不是忧伤，那是羞愧。”他说，“那是因为我们永远年轻而产生的羞愧感。年轻是一种罪过，一个永远年轻的国家是可耻的。”

“和我说说这里的事吧。对我来说，这是一个奇妙的地方。我就像是格列佛一样呢。”

她带着一些蒙眬的睡意笑了起来，亲吻他额头上的皱纹。他往往意识不到自己已经有了皱纹。皱纹是一种标志，标志着他可以开始谈论和衰老有关的故事了。汉文无意识地抚摸女伴的头发，她的头发像东方的丝绸一样柔软。

“很久以前，有一个以长寿而著称的王国。也许和空气、水源、植被、气候、食物结构有关。总之这个国家的人都很长寿，几乎达到了人类平均寿命的峰值，男性和女性的寿命都排在世界长寿榜的前三名，不过实际情况并没有世界纪录听上去那么美妙，特别是随着世界经济严重衰退，婴儿出生率也无限接近于零。十几年的衰退后，人们发现，全国已经有一半是领退休金的老年人了。衰老而拥挤，人口过剩，严重的老龄化，资源消耗殆尽。这个国家已经成为名副其实的老人国，国库入不敷出，即将破产。社会动荡，国际局势也异常紧张，周围的邻国虎视眈眈，就等着老人国这辆老爷车，载着满车的老人，滑向灭亡的深渊。这时，有人站了出来。”

“谁？”女伴问。

“他是王国当时的统治者，一个睿智的老人。他经过冥思苦想，提出一项法律条文。老年人消耗资源，而且时日无多，为了国家的未来，必须消灭老年。只要超过一定年纪，就必须去医院接受安乐长眠。他在议院提出了动议，要进行全民公投来决定这条法律是否实施。全民公投如期召开，领袖通过热情的说辞、冷静的分析说服了所有国民。于是这项法令成为了国家不可动摇的基本法。他的伟大不但在于想出来这条法律，而且是以身作则，成为第一个消失的老人。老年人一个接一个地离开了，履行了自己作为国民的义务。几乎是在短短的几年里，老人国所有的衰老者都消失了。这个国家只剩下了年富力强的年轻人，社会资源得以重新分配，经济好转，生育率大幅上升，摆脱了亡国的命运。当年轻人衰老后，他们也毫无怨言地接受了国家的基本法。如此一代代过去，这个国家就始终年轻。所以世界上所有人都称这个国家为‘年轻国’。”

汉文停了一会儿。

“这就是年轻国的故事。”

“在来这里旅行之前，我已经从书上知道了你们的历史。但是亲耳听到，还是有不可思议的感觉。”女伴说，“你们自己不觉得吗？”

“我并没有觉得这有什么特别的。记得小学时学校里来了日本的老年旅游团，整个学校都轰动了，我们围着旅游大巴，像看动物园的猴子那样围观车窗里那些满是皱纹的脸。我还从来没有在现实生活里看到这么多的老人。他们可能都有 80 岁了，也许 90 岁。日本人都很长寿。我现在还记得有张脸上的老年斑，像他们的国旗一样的形状。后来我出国去过其他的国家，看见更多的老年人。你知道吗，我最喜欢去养老院里参观了。养老院就好像是另一个世界。我好像回到了很久以前，那个垂垂老矣的老人国。”

“我有点好奇，你们怎么看待自己的法律？”

“安乐法吗？具体的法定年龄变动过几次，但都在 70 岁左右。基本法已经实施了将近百年，我们就像看待太阳自然升起那样看待它。”

“我是说，执行安乐长眠时，你们怎么看待死亡的？”女伴支起脑袋问。

“就像看见太阳自然落下那样。”汉文说。

“没有特别悲伤？都习惯了是吗？”

“悲伤是一种自然情绪，就跟月亮出现在夜空一样。”汉文说，“悲伤是始终存在的。因为死亡是一样的。它并没有区别对待。”

“我有点明白你的意思了。”女伴俯下身体，“谢谢解答。为了表示感谢，我们再来一次怎么样？让你体会一下这个。”

不，你不明白。汉文默默想。可是他没有说出来。

“我没有和老年人睡过觉。我对衰老有本能的抗拒，”再次结束后女伴说，“就算我以后变老了，我也只和年轻人睡。”

“我差不多已经是老人了。”汉文说。

“以你们的标准？”女伴笑了，“按我们的标准，你还年轻。是个成熟的男人。”

“谢谢，非常感谢。”

他穿起衣服，衣服和裤子都有些一本正经的，但是很得体，如同必须遵守的某种制度。每个人的身体都必须有正确的合乎规范的衣物覆盖，对身体而言，衣服就是制度。从这一点来说，是制度再塑了人的本身。扣上衬衫纽扣后，他从包里找出一瓶香水，放在女伴的枕头边上。

“送给你。”他说，“来自遥远国度的香水。”

“你每次过夜都会准备礼物？”

“也不一定。万一没有准备的话，就留下早餐和钱。”

“那不就变成交易了？”

“这不是交易，是赞美。当对方给予你美好的时光，你应该回赠你的感谢。”汉文说，“这是我从小学会的基本礼仪。”

女伴耸耸肩，收下了香水，喷在手腕上闻了闻。

“我感到有点饿了。中午一起吃饭吗？”

“我要去见我妈妈。下次好吗？”

“如果有下次的话。”她忽然想起了什么，问，“可以告诉我，你妈妈今年多大了？”

“69 岁。”汉文说，“下个月她生日。”

“啊，那不是到了年龄了……”她侧着脑袋想了想，把香水放在床头，“我不知道是该表达我的歉意，还是应该说些理解的话。就跟听见好友的父亲得了肺癌时一样不知所措。替我向你妈妈问好。虽然我并不认识她。你现在感到难过吗？”

“现在没有，我会转告的。谢谢你。”汉文说，“欢迎来到年轻国，祝你永远年轻。”

他对她说了祝福的话，打开房门走了出去。

汉文来到疗养院的时候，已经是中午，妈妈在房间里看报纸。他们去疗养院附属的星级饭店吃了午餐，因为她已经入住，按规定享受到了饭店八折的优惠。服务生微笑着对他说，一点也看不出你妈妈快 70 岁了。妈妈年轻时是很漂亮的女性，现在看起来也比实际年龄小了 10 到 20 岁。实际上就算在疗养院里，也有满头白发的老人前来搭讪。汉文习以为常地抱手站在一边，假装欣赏疗养院院子里的景色。

这家疗养院是四星级的。因为妈妈的工龄和级别已经可以入住这里。当然更好的五星级也可以去，但是因为这里更熟悉些，妈妈还是选择了这家疗养院。爸爸也是在这里离开的。汉文想，那时妈妈每天都在陪伴他。爸爸的安眠没有自己想象中那么难过，他本来就得了癌症。在肝癌晚期的痛苦来到之前，他就十分安静地走了。

可是妈妈是不一样的。她一直很健康，连头脑都没有迟钝，而且她是妈妈。

这家疗养院很大，简直和一座普通的大学差不多，如果不是因为在林荫道走动的大多是穿着制服的护工和蹒跚老人，汉文简直有点回到大学时光的感受。建筑师的品位不错，造的房子有古希腊悲剧的感觉。从走廊的雕花阳台往院子里看，整齐的草坪几乎没有边际，道路两边栽满了古老斑驳的梧桐树。现在已经有梧桐树的叶片落在了地上，让人觉得地上更干净了。几辆电动敞篷车在路上缓慢地行驶，那态度仿佛去捡不知道掉到哪里去的高尔夫球。一个戴草帽的老头坐在附近的一棵树下低头看书。也有夫妻两个携手在草地上漫步的，似乎在说临别的话。

妈妈结束了交谈，走过来挽起了汉文的臂弯，就像以前挽起爸爸那样。

“我们散散步，汉文。”她说。

他们沿着林荫道，绕着草坪走路。小时候妈妈叫他汉汉或者文文，又或是小汉和小文。但是到了某个年龄以后，妈妈就只叫他汉文了。给他起这个名字，只是因为妈妈喜欢中国古代文化。

“刚才那个，是你朋友吗？”

“住进来以后才认识的。”妈妈说，“他说以前在这里看见过我。我想是五年前陪你爸爸的那个时候吧。”

“我觉得这是标准的搭讪方式。”汉文说，“我以前也对姑娘说，好像以前见过你这样的话。”

“成功了吗？”

“只有一次。”汉文说，“而且对方真的是以前见过的。”

“我没有和你爸爸结婚前，也有人这样和我搭话的。”

“妈妈，你是 35 岁嫁给爸爸的？为什么这么晚结婚？”

“是 33 岁。35 岁时生了你。”

“那也很晚了。”

“因为在那之前我没有遇见你爸爸。”妈妈说，“在那之前我没想过结婚。你爸爸也是。”

“难道你们都觉得非要结婚不可？”

“是的。我们并不敌视婚姻这种制度。再说按政策，结婚后可以退一大笔税，正好可以买套房子。我们找不到不结婚的理由。”

“你很喜欢我爸爸？”

“他很喜欢我。”

妈妈笑了起来，摸了摸头发。她的头发有些干枯和花白。因为她是老年人了。汉文明白她的意思。小时候开家长会时，其他同学和老师都会和他说，汉文，你妈妈真好看。我有个好看的妈妈，那时他就一直这么想，带着一点得意和不耐烦。

“我有个好看的妈妈。”他搂了搂妈妈很单薄的肩膀。

“你呢，你现在怎么样？”

“昨天认识了一个国外来的姑娘。上午和她分开后我就过来这里了。”汉文说，“如果你指的是约会的话，这是最近的一次。”

“我不是指这种。我是说你有没有喜欢的人。”

“妈妈，你不喜欢一个人是无法和她约会的。”

“你要是真的喜欢一个人，是不会不约她第二次和第三次的。你会一直想和她在一起。”

“你说的是结婚？像你和爸爸那样，遵循一个古老的婚姻制度？”他说，“以前想过。现在不太想了。我想这是成熟的一方面。”

迎面而来的一个老人和他们打了个照面。他好像刚哭完，也可能是泪腺红肿，眼巴巴地望着他们身后的一棵冬青木。一辆电动敞篷车停了下来。（先生，需要载你回宿舍吗？）

“往好里说，还好你约的是姑娘。知道你不是同性恋，我和你爸爸当时都松了口气。”

“我是个正常男性。”他说，“也许是太正常了。”

“你以前不是这样的，小时候你很敏感。我还记得你的一个女朋友，是中学时的同学吧？那个眼睛又大又忧郁的女孩。”

“初中同学，后来在一起上了高中。那时我一直很喜欢她，算是初恋。”

“可是后来你们分手了。”

“因为上了不同的大学。眼睛大归眼睛大，忧郁归忧郁，但她的性格其实很硬，做出的决定没什么挽回的余地。”汉文说，“从她身上我学会了一个道理，无法挽回的东西就不要去挽回了。这一点我很感谢她。后来十几年我们一直没有任何联系。直到去年我才收到她寄来的一封信，是妈妈你转给我的。”

“啊，我记得有这件事。可能她没有你现在的地址吧，她不知道你已经从家里搬出去了。家里不时有寄给你的信。”

“她和我一样都35岁了。哦，应该说是34，去年我们都还是34岁。她在信里告诉我这些年来她的情况。大学毕业后她留在了那个城市，24岁结婚，对方是社会结构分析师，比她大六岁。但是离婚了。她离过两次婚。第一次是因为她出轨，第二次是因为对方出轨。没有孩子，可能怀过孕，但是流产了，后来就一直没有再怀上。很厚的信，内容很多。我不知道她为什么忽然要给我写信。”

“也许是想起了青涩恋情，可能是她还没有忘记你。”

他摇了摇头。

“信的最后，她才提到她的爸爸。你还记得她从小跟她爸爸长大的吗？她爸爸去年到了年龄。给我写这封信的时候已经不在了。”

妈妈没有说话，挽紧了汉文。

“过了一段时间，我才消化了这封信的内容。我想办法找到了她的电话，给她打了过去。但是她已经死了，某天晚上吃了一瓶安眠药。我正好还有年假，就请假去参加了她的葬礼。她的两任丈夫来了一任，还有现在的男友。加上我。我们三个人在葬礼后喝了酒。然后我就回来了。”

“你很难过吗？”

“不是难过。而是没有实质感。我感觉不到自己曾经喜欢过她。那种感觉已经彻底不存在了。她只是一个我认识的朋友。奇怪的是，在她的葬礼上我却想起了爸爸。”他说，“妈妈，有一件事我一直很想问你。”

“你爸爸的事？”

“是你按下的按钮吗，妈妈？”他问。

他们有一阵子没有说话，踩着道路上的梧桐叶片往前走。清洁工一般会在早上和下午分别清扫一次，把它们在路边拢成一堆。到秋天某个季节的时候，园林工会用锯子将梧桐树多余的枝杈锯掉。

“你爸爸希望我来按下按钮。这带有一种很强烈的仪式感，简直和婚誓一样庄严。他把终结自己生命的权力交给了我。于是他的生命就属于我了，从开始到结束。我现在还不想告诉你答案。”她说，“如果我要你这么做，我要你按下那个停止我呼吸的按钮，你会按下去吗？”

他就此思考了一会儿。

“我不知道。我觉得一个人无法拥有这么大的权力。没有人可以决定别人的生死。”

“不是个人决定的，是法律的决定。”

“法律也不该有这样的权力。”

“这不是权力，这是礼物。把它当一种纪念性的礼物看。”

“我不知道，妈妈。”他说，“我总是做不好选择题。”

“这个并不比结婚什么的更艰难。”

他看了看妈妈，忽然笑了起来。

“我有喜欢的人。”他说，“我忽然感觉可以说出来了。”

“什么？”

“实际上我有一个非常喜欢的姑娘。就是你说的那种真的喜欢。”他说，“是那次葬礼回来后遇见的。从遇见她的时候开始，我只要闭上眼睛，心里就全是她的形象。”

“很好看？”

“应该是吧。她比我年轻，年轻很多。我也约会过漂亮的，但是她和她们都不一样。”

妈妈望着他。

“你恋爱了，我的孩子。”

“但我并不想这样，我也不想承认我有这种感情。”

“为什么？有什么问题吗？”

“我们约会过。可是我能感受到她的心不在我这里。她的快乐不是因为我而快乐，她想念的不是我。而我的心里那时只有她，她，她。我看着她的眼睛，就觉得很伤感。”

妈妈没有说话，只是摸了摸他的头发，像小时候那样。

“可是我又克制不住自己想要看见她。我知道这是不应该的，可是只想待在她身边，就算什么话都不说，只是一两个小时的独处，说话或者是吃饭。但事后我的心情又极其糟糕。”

“我还以为你没有女朋友。”

“在认识她以后，我约会陌生姑娘的次数反而更多了。”汉文说，“既然无法避免自己去想她，我就尽量减少自己独处的时间。偏偏其他人无法缓解我对她的渴望，本来我以为至少能减少百分之一，千分之一，或者万分之一的思念，那么次数多了，思念就会减少到百分之百。我就不会再觉得痛苦。但是实际上，没有任何帮助。每一次和陌生女孩的约会，都让我更加感受到她的存在。而越是感受到她的存在，我就越是难以克制想要和陌生异性待在一起的欲望。我和其他人待在一起时，却只能想起她的样子。想到她时，我在其他人身边会失眠。有时我很想对身边的姑娘说实话，我并没有感觉到是你和我在一起。我在想念另外一个人。有一次我真的说了。”

“结果呢？”

“很糟。”汉文耸肩，“最后我差不多是逃走的。”

他们一起笑了。

“能喜欢一个人本身就很好。你考虑过和她结婚吗？”

“我想过。如果结婚是一种和她在一起的方式，或者应该这么说，如果结婚是一种让她存在于我生活里的方式，通过这种形式是可能性之一。我会和她结婚。”

“你愿意娶她为妻，不管有任何的痛苦？”

“我想我愿意的。”

“那我换一个问题，你比她大了很多是吗？”

“是的。”

“如果你们的婚姻能够持续，如果你们一直在一起，我们假设那种情况。那你会比她早很多年进入法定年龄。你知道的，70岁。这时就是你们分别的时候了。到了那个时候，你会希望她来按下那个按钮吗？你会愿意把自己的生命交给她，让一切都停止在她手上吗？”

“我愿意的。”他说，“如果真是这样，我会心满意足，我会感到幸福。我希望她就是那个人。”

“我希望能见见她。”妈妈说，“不管你们会不会结婚。婚姻是另外一回事。”

“以后我会带她来见你的。可能不会很快。”他说。

“没关系，我还有时间。”

他忽然感到难受了起来。

“妈妈。”他说。

“怎么了，小汉文？”

他没有说话。妈妈揉了揉他的脑袋。

“下午还有工作。”他说，“我送你回去。”

“不用了，我自己可以走回去。”

“我明天再过来。”汉文说，“晚上。”

“汉文，”妈妈说，“妈妈祝你永远年轻。”

汉文向疗养院大门走去，走了几步，他回头看了看，妈妈还站在原地。他朝妈妈挥了挥手。一辆电动车停在了她身边。妈妈坐上了车子，和其他的老人一起。她和邻座的老人说了一句话。邻座的老人也向他看过来。他口袋里的手机在振动，但他没有想要接起来。谁打来的都不重要。广播里响起了一首巴赫的大提琴曲。他听了一会儿，等G弦结束后，他走出了疗养院，独自一人。

伞

永城/文

那天晚上风雨大作。

我跑出家门的时候，没顾上带伞。连袜子都没穿。我在箱子里胡乱塞了几套衣服裤子，最重要的是护照和信用卡，还有五百美元的现金。这就是我所有的家当。其他的，我都留给峰。

雨算是瓢泼了。我还发着烧。北京的春天，极少下这么大的雨。就算是给我送行吧。不知何时再回到这座城市。

我站在汽车站，只觉一阵阵眩晕。车站有顶棚，但年久失修，所以雨水还是漏下来。丝丝缕缕，粘在我头顶，顺着长发往下淌。我努力睁着眼。街道是黑色的。像是涂抹了厚厚的墨汁，暴雨也冲不干净。或者雨就是墨汁，劈头盖脸地泼到我脸上。可我不能闭上眼。一闭眼，就会看见那些碎片。碗和杯子的碎片。是我摔碎的。支离破碎，锋利无比。刺入我的心脏。

人行道上突然冒出一个身影，撑着伞，快步向车站走过来。她个头儿跟我相仿，体型也相似，步子轻飘飘的，像是被风吹离了地面。

有车驶过，借着车灯，我看到一张中年妇人苍白的脸。

我本以为她和我一样，也只是个在雨夜忙着赶车的乘客。

她为我撑着伞。她跟我说的第一句话是：“回家去吧，雨这么大！”这让我有点吃惊。她为何要管我呢？我沉默着，眺望着车将来的方向。

车来了。我上了车。她也跟上来，在我身边坐了。夜很深，雨又急。车上原本没有多少乘客，她偏偏坐在我身旁。可我只想自己一个人待着，藏在某个角落里，看不见谁，也不会被谁看见。我脸上那些水珠儿，我都分不清是雨水还是泪水。可我没说什么，坐在哪儿是她的自由。

她说："我知道你很难过。可你该回家去的。夜深了，还下着雨。"

我有些纳闷：她怎么知道我是从家里跑出来的？可我没问，也不想问。也许，她只是一个多事的母亲。看她的年龄，应该也有个麻烦的女儿吧？我扭头看着车窗外。黑色的街道，黑色的房屋。它们无动于衷地来来去去。

她竟掏出手绢，为我擦拭脸上的水。那手绢上有我喜欢的气味。

我不爱听一个陌生人瞎唠叨，可她给了我一些母亲的感觉。在这样一个风雨交加的夜晚，我又刚刚从家里跑出来，甚至不确定应该到哪里去。我的母亲，她并不知道当初那个非要跟着穷小子浪迹天涯的女儿，此刻正在逃跑的路上。我也不好意思让母亲知道。

那妇人又说："回家去吧！外面多冷！天又黑！就算要走，也要等到明天，天亮了再说！"

我沉默不语。我等了很久，一切都没好起来。峰越来越暴躁，我们的争吵越来越激烈。我曾为他放弃的一切，都变本加厉地变成了他的债务，使他再也无法偿还。尽管我不在乎，他却在乎得要命。一个男人的自尊，终将战胜爱情。我的离开，对他对我都是解脱。

再说，我怕。我怕等到天亮，我就走不了了。然后又落入下一个循环。争吵、泪水、冷战、妥协，再争吵，再泪水……一遍又一遍，死循环。总有一天，我会从那简易宿舍楼的五层露台跳下去，穿过那些花花绿绿晾着的衣服，穿过一层层蔓延到窗外的为了柴米油盐的争吵。

我还年轻。还有我想做没做的事情。

那妇人又说："只是一些鸡毛蒜皮罢了。离开一个爱你的人，是一件多傻的事情啊！"

这回，她的话触到了我的痛点，好像那些碗和杯子的碎片。

我知道峰爱我。可我不适合他。他应该找个少了他活不成的女孩。至少，少了他的关心活不成。那女孩应该很乖，很温柔，没太多追求，最大的理想就是连生两个孩子。只要有个男人全心全意爱着她，常常发发脾气没什么关系。也许，楼下便利店的女孩就是合适的人选。峰此刻也许正跟她在一起。他是摔门而出的。在我发现他给她的短信之后。

那短信说："她不会明白的。她不像你这么善解人意。"

他这样离开了也好。我就也可以离开了。虽然离开的时候感觉满身伤痕，伤痕里还有未清干净的玻璃碴。每走一步，痛彻心扉。他的确对我很好。不能再继续想下去了，会失血过多。

可那中年妇人，她不停地提醒着我。她揉搓着我的伤口，使它释放出更多的鲜血来。她的话真多。我听见她说："其实他的坏脾气，都是因为太爱你！毫无保留地爱你，却得不到全部的你！"

于是，我的耳朵临时丧失了听力，就像伤口剧痛后的麻木。这就是一切必须结束的理由。

车到站了。马达声突然消失了。她的话，贸然钻进我耳朵里："也许一切都不是你想象的那个样子的。也许，你该给自己最后一次机会。"

这最后一句话，让我很恼火。很多次机会了。直到峰离开，然后我离开。他先摔门而出，独自把我留在满地碎片的房间。就把"最后一次机会"留给上一次争吵吧！

我跳下车去。那妇人也跟着下了车，追上我，拉住我。我看到她的手。她的无名指上，有一枚巨大而精美的钻石戒指。她应该拥有一个富有而深爱她的男人。富有的人更乐于施舍怜悯。因为他们知道，凭着区区的施舍，穷人永远不会变成富人。

那枚戒指太完美，我想我能记一辈子。我没有戒指。我和峰还没成婚。峰提过两次，但不够认真。没有鲜花也没有戒指，只在路边大排档的烟雾中，或者做爱后披头散发的黎明里。好像婚姻只是一件附送的赠品。我们一起生活了五年，起码有五百次争吵。便利店的女孩，只是最后的导火线。没有结婚是正确的。

"听我的，再给自己一次机会吧！"

那妇人又重复了一遍。她仍拉着我的胳膊。我们就这样僵持在路边。我看看胳膊上的手，再次看到那枚钻石戒指。

峰从没送过我戒指。地摊货也没有。他已摔门而出。

我摇摇头。

售票员追下车来，拿着她的伞。我趁机甩脱了她的手，大步向雨中疾走。

她没再追赶我。我听见她在我身后说："我的时间不够了！"

她带着哭腔。

我忍不住回头看了她一眼。她眼中分明闪烁着泪光。我不明白这是为了什么。可我突然心软了。我踌躇了片刻。她若再追上来拉住我，我也许就真的回家了。

可她没有。她消失了。一时间毫无踪影。我都不知她向着哪个方向去了。也许果然还有更重要的事情，所以急着赶路去了。我本来只是个不相干的陌生人。

终于，就剩我自己了。站在黑色的街道上，站在黑色的城市里，站在一个十字路口。四处都是黑的。

可毕竟雨已经停了。

我最终作了决定。我怕回去之后，等待我的，还是那冰冷而空荡的房间，满地的玻璃碴子。那是我再也无法承受的。

我出了国。得到了博士学位，找到一份非常理想的工作。朋友都说，这才是我本该拥有的生活。又过了些年，我成为出色的大学教授，我的科研论文发表在各种最优秀的学术期刊上。我周游世界，出席各种学术会议。我始终独身一人。我再没见过峰。

我生命中也曾出现过一些男人。他们来来走走。我似乎爱过其中的一两个，也似乎曾经受过一两次伤，但都很快康复了。康复之后，我几乎想不起他们的名字。

但我偶尔还是会梦到峰。梦到他手机上，来自便利店女孩的短信。当我醒来时，枕巾是湿的。

后来，我偶然遇到一位熟人，是很久以前，楼下便利店的另一位伙计。这世界有多小！他到美国旅游，我们就在百货商场遇上了。他居然还认得我。我也记得他。真是奇怪，我记得 20 年前的许多细节，却记不得去年约会的男人，上个月看的电影，和昨天的晚饭。

这熟人告诉我，那一晚，峰跑到便利店来买感冒药，头发贴在脸上，汗水和雨水混在一起。他急得要死，说妻子发烧了。他是有多可笑，都不知道便利店是没有感冒药的。然后，他赶公车去附近的药店，冒着雨，还在马路边狠狠跌了一跤。

这些都发生在他摔门而出之后。

那熟人告诉我，峰一直住在那五层的简易宿舍楼里，继续住了很多年。邻居们都说，他是期待着有一天，我能再度出现。他再没和便利店的女生说过一句话。他甚至似乎再没走进过便利店。

后来，峰终于搬走了。再也没人听说过他。

那天晚上，我在街道上游荡了很久。直到天亮，我看着镜子里的自己。然后我想通了。我已经老了。这个世界上，是没有后悔药卖的。

我五十岁那年，认识了一个男人，他是学术界的泰斗，他是我的偶像。他比我大三十五岁。

他对我很好。他了解我的一切。他向我表示了爱意。我平静地接受了，就像接受一张生日卡似的。

我安静地等待他的求婚。好像每天都可能发生，每天却都默默地过了。然后有一天，他突然心力衰竭。医生说，他的日子不多了。他自己也知道。可他每天都在不停地微笑。我在他病床边坐着。我主动提出，我要立刻嫁给他。他却说他不急，他不要在医院结婚，我们未来的日子还长。

可事实是，我们并没有未来。

终于有一天，他把其他人赶出病房，只留下我。他让我打开床头的柜子。里面有一罐饮料和一个精美的首饰盒。我想，他终于愿意和我结婚了。他却对我说："这个戒指，我早准备好了。可我一直犹豫要不要给你。因为我知道你心中的遗憾。我不是你最想要的。你最想要的，已经失去了。"

"既然已经失去了，就拾不回来了。你该帮我忘记他。"我说。

"如果完全没有办法拾回来，我就会尽量帮你忘记。尽管我知道，其实你永远也忘不了。"他说。我正要辩驳，他打断我，"嘘！不要辩解。不需要辩解。因为，我帮你找到了拾回的良药——我毕生的精力，都在研发一种药。吃了它，你就可以'穿越'时空，回到你生命中的任意一刻。你可以见到那时的你。你还可以和她交谈。这不是真正的穿越，只是批量量子跨越时空产生的纠缠。原理很复杂，但昨晚，我终于试验成功了。只给你用，不要告诉别人。特别是国防部的那些家伙。总之，我的使命已经结束了。"

我突然热泪盈眶。我冲动地打开戒指盒子，拿出戒指，狠狠套在无名指上："我哪儿也不去！我嫁给你了！你得陪我过下半辈子！"

他又笑了。好像看着一个胡闹的孩子。他拉住我的手说："我没办法陪你过下半辈子。把它喝了，回去找你自己。说服你自己，不要犯那个错误。你不会再需要我。不过，一定要记住，你并没有真的回到过去，只不过，是你的灵魂和过去的你建立了共振。她能见到你，你也能见到她。但你只有十分钟时间。还有，你不能向过去的你提及任何未来的事情。这是规则。”

他离开的时候，嘴角仍带着笑意。病房里没开灯，夕阳的余晖，涂在他嘴角上。他腮边有一滴泪，那是我的。那罐饮料，就在我眼前摆着。罐子上都能看见我自己的影子。

我相信他的学术权威。但我犹豫着要不要喝掉它。我用手指触摸那冰冷的罐子。这时我看到手指上的戒指。

我突然想起三十年前的雨夜里，我曾见过的那个人。我突然明白了她是谁，浑身剧烈一震，像是被高压电击穿一般。随即空空荡荡。

我又把手缩回来，实在没力气再碰那罐子。

回去也没用。既然我已经尝试过了。

两个月后，我买了一张机票，回到中国。

我费尽周折，终于找到了峰。当然我没让他看到我。同样是个春天的雨夜。他打着伞，在路边等公车。他比以前微胖了些，个头儿似乎也矮了些，脊背微驼着。他的伞微微倾斜着，有雨水落在他肩头。

我突然有股子冲动，想走过去，为他把伞扶正。但这时车来了。车上下来一个 20 多岁的小伙子。跟他当年一模一样。只是比他个头儿高很多。

小伙子接过伞，搀扶着峰一起走远。两个背影，在同一把伞下。

我目送他们消失在街道的尽头。

我回到了美国。我去了墓地，带着那罐子。

我把罐子打开，把里面的液体洒在墓前。我说：“你的发明，它帮不了我。真正帮了我的，是你，和你的戒指。”

我把戒指从无名指上取下来，戴到中指上。我站起身，朝着那墓碑再看上一眼。墓前的鲜花变得模糊。

可阳光很好。天上没有云。

我又忘记带伞了。好在原本也是不需要的。

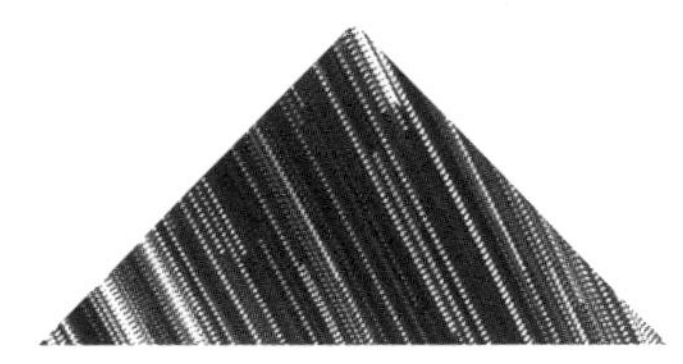

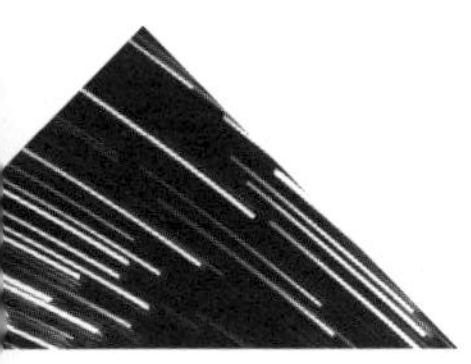

牛顿状态

高普／文

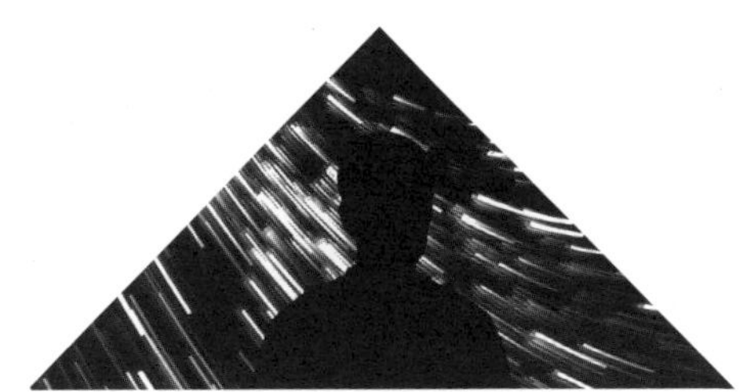

那个男人在红砖市集内就一直跟着我，从外观上看，明显来自南亚大陆，我猜他是个孟加拉人，最近小镇来了好多那边的移民工，像一堆磁化后的铁钉，在同乡咔嚓咔嚓打磨下，积年累月穿成了一串。

我当然不是种族主义者，但这几年小镇的治安确实挺糟，有更多恶性的抢劫案发生。那个南亚人，大白天光着膀子，将一支磨刀棒扛在肩上，感觉有点像印度片里的巴霍巴利王。

我一定在哪里见过这个人，一时间想不起来，他的眼窝有两片倒三角形阴影，容貌称得上英俊，但却显然对这个城市充满愤怒，又或者对我充满愤怒，不知在哪个环节得罪了他。

这个小镇位处伦敦东部的格林威治附近，属于 DLR 轻轨末段，还不到泰晤士河水闸。几年前为配合伦敦奥运，盖了不少社会住宅，怎料没多久英国脱欧，打乱了之前美好的规划，人们若不是纷纷搬离，就是成了无业汉，再加上境外移民大举入侵，治安会恶化也不是什么奇怪的事。

我快步走入布朗街，前方 ASDA 廉价卖场早已大排长龙，英国人爱排队出了名，但这些人的装束都不像有钱人，外衣脏皱破烂，仿佛都在等卖场出清即期食品。有几个人互相推挤，也许再过一会儿就会吵起来。

南亚人发现了我的意图，但已经来不及制止我，我低头钻进人堆，在人群中迂回前进，许多人伸手拦我，说什么都不肯让我插队。

“纪律，小伙子，纪律！”一个醉意酩酊的糟老头子朝我怒叱。

我找到空当，从一团混乱中挤进卖场，沿内部商店街绕了半个圈，从另一侧的大门出来。

没多久我就能肯定，我已经彻底摆脱那个南亚人了。

二十分钟后，我坐在咖啡馆里喝下午茶，咖啡馆人不多，可以让我静静想点事情。我经常挑这种中午减价时段过来，点一份蛋夹吐司，一杯 Tap Water（水龙头水），好处是没那么多服务礼仪规矩，结账时也不用给小费。

茶褐色的落地窗外，一辆辆重型货柜车疾驶在街上，就像无数个点滴瓶，把远处的养分都注射进来。

这件事说来有点吊诡，隔着一条英吉利海峡，英国和欧洲都打算向对方发起贸易战，在重税降临前，人们起了一阵抢购的恐慌，两方贸易额不减反增，堪称离异前的圣诞节礼物。

再走半条布朗街，就是知名的哈洛德百货公司，英国皇家供货商，戴妃男友的家族事业。货柜车大概都要开往那儿去，他们似乎有个秘密特卖会，人潮与车流鱼贯出入，完全不受景气影响。

我一直不明白这种购物心理，浪费自己的时间和金钱，填塞原始的囤积欲望，东西最后不是闲置在家里，就是堆栈在自己的体脂肪内，形成一种不必要的浪费。

生命也在一连串浪费中蹑足走过。

落地窗隔音很好，我几乎要以为这是个祥和的世界，咖啡馆的电视也在呼应这点，各种节目中充满欢笑——《哈姆雷特》复刻版、牛津与剑桥沉闷的划船比赛、不知所云的下议院施政报告，在过去半个小时中往复播放。

老板娘穿着一件服帖的毛衣，巴望着门口和玄关，手肘搁在柜台上，连那对丰满的胸部也搁在柜台上，波澜壮阔。

平常她都和我有说有聊，间中交换几个暧昧的微笑，今天不知怎么搞的，整场交际赛都无精打采，心情显得特别不佳。

这间店的装潢其实不差，温暖的橙色是它的基调，餐桌靠椅也都是结实的原木，几面墙的转角，或摆着典雅的白瓷，或挂着印度曼陀罗挂毯，要不就往内推做成一道壁龛，十分富有异国风味，更何况店里还有一位这样的女性。

我喜欢老板娘的臀部，丰腴又充满弹性，给人一种孕育生命的想象。前一阵她怀宝宝时，乳房弧度胀得极美，在那一阵我的来店频率特别高。

可惜宝宝听说还是没能留住。

老板娘拿起遥控器，对烂节目下达最后通牒，电视中那名僵板的女性，也不知注意到没有，用略显着急的口音播报新闻。

多数新闻都在预示我们：地球发生了灾难，有越来越多旱涝天灾，森林大火，以及跨国战争在各地发生，好像我们就快看不到明年的曙光。

如果可以，我真不想知道这些事，甚至不想出门，只专心待在实验室里做研究。

但我的助手坚持约我出来，并对我坦诚相告，他觉得再留在我身边没有前途，用一种比较委婉的说法——他另有一些生涯规划。

为了离职，他不惜放弃我承诺他的绩效奖金，那是我好不容易腾出的一笔款项。如果不是咖啡馆禁烟，我又答应过父亲要少抽一点，口袋那包MILD SEVEN早被我捏瘪了。

骑驴找马本就是这一行的常态，我只后悔一件事，当初没跟他签旋转门条款。他虽然不肯说，但我想下一个发他薪水的人，八成是我的劲敌神想科技。

他有他的生涯规划，而我眼前的麻烦事却不止一桩。

“人类只剩五十年啦，如果再不采取行动，没有人能进入下一个世纪！”一名大胡子白人学者，在电视里大声疾呼。

“自地球有生命以来，每个物种平均的存活时间是十万年，这恰巧是人类活跃于地表的年份。如今我们已进入关键时刻，人类的存亡，掌握在自己手里，将会由人类自己决定！”

这人一嘴南威尔士口音，啰唆程度也与那边的人有的拼，然而表情之顽固倔强，更像来自苏格兰高地。

这个冬天科学界十分乏味，除了几项鸡肋研究，没别的事能吸引眼球，许多学者都搬出“世界末日”这项议题在炒冷饭。

我不是说这项议题不重要，相反，我认为人类眼前确实危机重重，这点由如今越来越频繁的极端气候就看得出来，但重要的是，人无法确知事情会在何时发生。

十几年前就有人说过类似的话——人类只剩下一百年时间！

十几年后这个数字变成了五十年，学过小学算术的人，都能发现其中的矛盾。

我当然知道里头有很多变因——尤其是人类总人口数的变因；自几年前地球人口突破七十亿大关，就没人能想象这数字到底代表什么意义。

总之我不认为谁有能力计算这么大的议题，所以世界末日的时间，还是算了吧。

整个冬天，我更关注的其实是另一件事——说它有趣似乎有点不敬，但真就是一场荒谬剧。科学史上著名的伟人艾萨克·牛顿爵士，位于西敏寺大教堂的坟墓被人给盗挖了，时间可能有数月之久。

这件事真奇怪，怎么会有人想做这种勾当，盗挖牛顿的坟墓。

这种无厘头行为，之所以没被守卫发现，是因为盗墓者是从维多利亚街一栋老房子入手，趁西敏寺内部整修，挖了条地道过去，挖穿西敏寺的中廊，越过诗人角和皇家地下墓室，巧妙地避开巡察。

这么大费周章去盗牛顿的墓，究竟有什么意义，难道不疯狂吗？

也许这个世界早就疯了。

我的手机响起来，接通后，里头传来我恩师的声音：“AJ，林恩刚才告诉我，说他已经和你拆伙，下个月就会去美国，这是怎么回事？”

怎么回事，应该是生涯规划吧！我想。

“你都没有挽留他吗，没了他，你一个人能做什么。”

我恩师是我博士论文的指导者，认识他快八年了，对我算是照顾有加，我在研究上许多难题，都是在他的协助下觅得方向，连住的房子都是他帮我找到的。

他是典型的英伦人，来自伦敦西区的切尔西，全英国最高尚有钱的人都住在那个区域。在帝国大学兼了几门课的他，每年社交季一到，总会流连在切尔西花卉展，温布敦网球赛，以及皇家雅士谷赛马的会场上，称得上是体面的风流人物。

照说我应该很感激他吧，其实也不尽然。

“我会想办法的。”我说。

“想办法？”他以一种质疑的口吻说，“你要怎么想办法，你根本不够研究经费啊。”

我的恩师很关心我，也很关心我的实验，直到最近我才知道为什么。

“让我帮你安排吧，有好些企业主都跟我有联系，以你的才学，资金方面不是问题。”

“你让我再想想好吗？”我不无敷衍地回答。

自五年前拿到博士学位，我一直独立在进行研究，唯一资金来自某家生技业创投，对方与我们学院有合作，在熟人引荐下，签了几年约，但也只是试探性质，投资数字少得可怜。由于实验成果不尽理想，听说他们已有撤资的打算。

当年我设立研究室，与恩师发生过严重口角，几年来都没再碰面，直到去年，或许往日情谊又触动了他，他主动找上我，帮我介绍几家公司。

我没多考虑就婉拒了他，只因我不想寄人篱下，帮药厂和食品公司炮制一堆违心的研究。

他始终不能明了，我之所以专注这项实验，为的只有一件事，可惜最后终究没法达成。

我们之后有小半分钟都没出声，这两年他性格改变很多，仿佛换了个人似的，坏脾气收敛不少，虽然我和他总是意见相左，但对他的善意，确实十分感激。

当然这都是以前的事。

他终于适时改变话题……不，对他而言，或许这件事才是主题。

“你的实验进行得怎么样，脑额叶 EEG 的电击脉冲，解离出来了吗？”

我的专业是人类的脑神经科学，这几年日夜挂心的，也和人的大脑有关。这颗只有椰子般大的器官，可能是全银河系最复杂的物体，也是人类最难解的谜题，每个人都有一个自己的宇宙，想想也令人着迷。

如果是其他时刻，和任何人聊起实验，我都会口沫横飞停不下来，如今我却无法和他对话。

而且就快下午三点钟了。

“已经有进展了，理察，我们晚点再谈好吗？我待会儿还有事。”

他沉默了一会儿，说：“你现在人在哪儿，在外面吗？”

“是。”

“好吧，我知道了，晚一点我们再谈。”

别骗我啦，我知道你心里打什么主意。

等他挂上电话，我一边搅拌咖啡，一边留意墙上的挂钟——两点五十八分，离下午三点还剩两分钟不到。

从几个礼拜以前，我就注意到小镇有一种古怪现象，每到下午三点钟，这个小镇就会发生一些变化，小镇上的居民再也不像他们自己，似乎被一种能量影响。

老板娘在柜台边踱步，不时注意门口情况，开店的压力，大概让她无法轻松吧。

说真的我同情她，偏偏我也自顾不暇。

刚才那间廉价卖场，排队的人更多了，场面也更加混乱，附近警卫都纷纷赶过来维持秩序。

下午两点五十九分，几名青年从卖场冲出来，推着两辆购物车，大吼大叫地跑开。

老板娘连看电视的心情都没了，不断拿遥控器转台，有点想赶我们这些最低消费客人走的味道。

五十九分五十七秒、五十八秒、五十九秒，空气中划过一道刺耳的单音，像尖端放电一般灌进我耳朵，随即弥漫在整个空气里。

或许一切都是我自己在想，但我真的看到曲面电视在那瞬间，有一道奇怪的噪声出现。

然后一切都变得不一样了。

卖场外的人，下午三点钟一到，整个火气都降了下来，混乱的人流恢复秩序；吵架和推挤的人，疑惑地看着对方，仿佛领悟什么人生大道理，架也不吵了，全部都安静下来。有些人甚至不再看卖场一眼，默默转身离开。

老板娘也不一样了，重新坐回柜台内，把电视关掉，靠在椅背上托腮冥想。

直到我起身走人，经过柜台的时候，她都没有反应，虔诚地思索毕生的疑惑。

走在大街上，我的心情十分平静，就和沉浸在研究中的状态一样，连知觉都变得迟钝。街道上行人来来往往，多数都若有所思，有些人对着天空自语，有些人站在马路边，有人甚至蹲了下来，盯着红砖铺路发呆。如果是在平时，背后的人早开骂了，但这时候却没有，大家都很有耐心。

就好像一名仙女，对小镇施了魔法，让镇民都成为童话中的人物。

没人发现这种变化吗？好奇怪。

记得在多年以前，父亲和我花了半个月时间，由北约克郡的荒原，徒步到苏格兰的罗梦湖，跨越哈德良长城时，在郝斯德要塞底下露宿，其间原野满天星斗，整片夜毫无光害。我们一路吃着压缩饼干，心中浑然不觉得辛苦。事后回想起来，我好惊讶人的欲望竟能被压得那么低，就像此时一样。

那晚我和父亲彻夜长谈，把一辈子的话都说光了。父亲明了我的处境，资助了我最后一笔款项，这笔钱如今早被我用光，有一个那么会花钱的儿子，他想必也觉得困扰吧。

我在这个魔法天地里，静静思索我的心事，有好多平时想不明白的，在这一刻都有了头绪。

我从口袋掏出笔记本，把这些思绪记下。

前方有人蹲在地上，是刚才那个南亚人，他将磨刀棒立在脚边，抱着膝盖低头沉思。

我这才想起，之前在咖啡馆见过他几次，他的胃口不是一般大，每回都点一份英国烤羊肉，苏格兰高地水，以及三层装的古典英式下午茶，但从没见他付过账。

看他这个样子，不等到我是不甘心了，他是几时锁定我的，这么大费周章，就为了打劫我一顿，还是背后另有图谋?

南亚人静静看着我，善与恶两个天使在他肩膀上交战，一阵揪心的沉默后，他终于放下手中棍棒。

我头也不回地越过他。

又过了几分钟，魔法终于消散，整个小镇被打回原形，人车争道，彼喧我哗。

我回头去看南亚人，他直屹屹站起来，露出之前的阴郁目光，但终究没有追过来。

窃取我实验室机密的人果然是他。

在我取得学位后，租了一间老旧仓库当作研究室，我的研究项目，是撷取人类的全像脑电波图，用我研发的超广角 EEG（脑电波仪），将大脑活动汇整分析，得到完整的脑电波反馈。

人的大脑是一个极复杂的器官，小小 1.6 公斤，有千百亿个神经元细胞，分布在各个脑叶的脑沟和脑回之间，每一个脑沟和脑回都掌管不同的思绪及感知，有其固定而缜密的互动分工。脑叶表面布满大量神经元，彼此以突触相连，起到传输及处理信息的作用。

我们的思维，甚至是灵魂，就流泻在无数脑神经元的活动中，多么神奇而且瑰丽。

自 1942 年，德国精神病学家汉斯伯格，将受测者的脑波记录下来后，人类就进入了一个新领域。

想测知大脑活动，就必须攫取神经元里的电流变化——也就是俗称的脑电波，脑电波是人类思维的具象，如果能全面捕捉，就能读出人的思想。

简单来说这就是一种读心术。

经过多年努力，我已研发出一套检测系统，能全面捕捉人脑的各种活动（或活动时产生的游离脑电波），那套超广角EEG设备，能记录全像脑电波图，经由大量模块化比对，人的思想将无所遁形。

比起昂贵的fMRI（功能性磁振造影），极大降低了推广门槛，这项技术目前只有理察和我的助手知道。

最近我操作计算机时，发现波源分析软件有异常活动。软件是我自己写的，做任何操作，都会保留住操作记录，这点只有我一个人知道。

连续几个礼拜，当我不在研究室，软件都记录下某些非法操作。原先我以为是我助手，但有几次我们一块儿出门，却依然有人动过软件，那么那个人会是谁。

我悄悄跟在我恩师背后，那高大英挺的背影，在学院不知迷倒多少女孩。

他和女助教搞婚外情，逼学生帮他写实验报告，都不是我憎恶他的主因，那些是他的私事，但他一再盗窃我的研究，才真正使我无法原谅。

他为什么要盗窃我的研究，是想抢先我一步，将成果发表在《刺络针》上吗？

我几乎能百分之百肯定就是他，我有他私自进我研究室，操作计算机的监视器影像——这年头eBay上什么都能买到，包括全套的监视器材，真方便不是吗？

但我不急着揭发他，我要先弄明白他到底有何目的。他在学术界的地位，比我崇高许多，仅凭我单方面举发，无法对他有多大影响。

我还需要更多证据。

他踩着轻快的脚步，走进窄巷里，仿佛要赴一场迷人的邀约，但我知道他不是，他刚才在我研究室开启计算机，把我最近一笔实验数据，存进他的U盘中。

我的实验已经接近成功，可林恩告诉我，他不知道就算成功了又能怎么样——复制出某人的全像脑电波图，又能应用到哪儿去。

其实我也不敢说，这种先驱性研究，在这个讲究外溢效果的科研时代，究竟有多少前景。

如今这一行的显学是基因药学与再生医疗，昂贵的研究设施，每一分钟都在烧钱。投资者已不像20年前，还能被梦想打动，他们如今更看重实验成果以及利润，就像礼来药厂与Genentech的合作，另一个范例是美国的安进公司。

或许林恩是对的吧。

那条肮脏油腻的小巷子对面，走进来一名女郎，女郎双手缩在绒毛大衣里，外形十分冷艳。她走到理察面前，和后者打了照面，露出强势的微笑。

两人低声交谈，真有点像在红灯区里交易，理察显然对女郎十分熟悉，不断比着手势，不晓得在和她说什么。

我从背包里取出一副金属圆盘，将碗状接收端对准他，拉出耳机，耳机里传来理察的声音。

“毫无疑问，这笔数据就是结论。”

这个金属圆盘，是一种长距离窃听装置，网络上买的，在安静无遮蔽的空间，特别有效。

“你上回也是这么说，上上回也是，后来呢？”女郎声音带点冷漠，和她冶艳的外形很搭。

“不会再有意外了，你就信我这一回吧。”

以一名长年讲课的学者而言，理察是属于能言善道的那种，很受学生喜欢，再加上他体面的仪表，女学生特别为他颠倒。

这些优点肯定帮他加了分，女郎思考一会儿，接过他的U盘，理察感激地抓着她的肩膀。

他们在做什么，买卖我的研究成果？

女郎转身想走，理察叫住她：“我们合作那么久，你不觉得，是时候让我见老人家了。”

“你见老人家干吗？”

“从你们半年前找上我，我们就是一条船上的人了，连AJ也是我的推荐，像他这样的庸才，难道不是最适合的人选？”

这个盗窃我研究成果的家伙，居然说我是庸才，我真想冲上前狠狠修理他一顿。

“小镇上的实验，怎么说都有我一份功劳，如今事情就快成功，我却连老人家一面都见不到。”

“我们说什么，你做什么，轮不到你来说三道四。”女郎语调陡然拔高，听起来更悦耳。

理察温和地笑着，像在安抚怄气的女友：“无意冒犯，但我有多投入这个计划，你最清楚不过，你这样真的很让我灰心。”

女郎在远处看来一团粉白的脸，凝视理察许久，一个字一个字说：“你是在游说我，还是在威胁我？”

“这真的误会大啦。”理察满是遗憾，“你忘了吗，我是你们最早的受测者，你们在镇上的实验，投入那么多物力人工，眼下就有一个最成功的模板，你觉得老人家会不想看？ AJ能给你们的，我一样能给你们，纵使闭着眼睛也该知道如何选择。”

“你知道我们为什么不强迫他，因为我们要他全心投入，不想他心有旁骛，然而对你，我们可没这份闲心。”

理察在冷风中用力搓手，谄笑说：“我知道，但这是一个关键时刻，你们需要我的。”

女郎听到这里，尖刻地笑出来：“瞧不出你还真能死缠烂打，从前小看你了。好吧，和我去见老人家吧，我们的时间不多。”

理察英俊的脸孔，真像在发光似的，对女郎深深鞠了一躬，和她由小巷的另一侧出去。

我心中好奇极了，他们为什么要盗窃我的研究？理察说的实验又是什么，难道镇里人不可思议的变化，真和这件事有关？

我收好监听器材，朝小巷子追过去。

小巷对面走进来一名很壮的男人，穿着一袭黑大衣，堵在巷口。我吓了一跳，做贼心虚回头想走，没走出几步路，另一名更壮的黑衣男子也走进来，上前揪住我的衣领。

这根本不是预期内的发展吗。

他脸上那副深黑色太阳眼镜，反射出我的惊惶。

我在一阵刺痛中醒来，后脑勺靠近颈项部位，有一道被烙铁烧灼的痛楚。

眼前是一个黑房间，里头有一张长桌，一张高背椅，我被铐在那张椅子上，有点像3D电影中一级谍报员才有的英勇待遇。

我现在人在哪儿，还在那个闹哄哄没什么人味的小镇上吗？

我忽然感觉全身酸痛，靠近脖子处特别痛，那两名大汉，竟然在大白天用电击棒将我电晕。

他们是哪儿来的，这分明就是一场最险恶的绑架事件。

房间里的灯突然亮起来，黑暗瞬间退去，刺眼的白光刻意把我弄瞎一样，我忍不住闭上双眼。

灯光缓缓地，从炽烈的亮白色转成橘色，光度稍微柔和点。我渐次撑开眼皮，一名窈窕的女郎站在我面前，双手抱着胸口，不知几时走进来的。

“你可真是麻烦哪。”

这把声音淡漠冷艳——是巷子里的那名女郎。

女郎这时已脱去绒毛大衣，放下头发，仿佛很适应室内温度，然而面容却依然冰冷。

老天，她的体态可真诱人，纤腰下骨盆的弧度极美，有我见过最丰腴的臀部，黑色网袜将腿绷得紧紧的，隐约露出大腿内侧——穿冬衣时完全看不出来。

在这种处境下我居然还关心女人臀部，当真是愚蠢极了。

我身上的皮夹，钥匙，Oyster伦敦地铁卡，和那几样跟踪监视器材，全被他们搜刮出来，杂乱地放在桌上。我忍不住说：“你们是谁，为何没来由地绑架我，我根本没什么值得你们绑架啊。”

我的演技骗不过她，她翻开我的皮夹看了一眼，将皮夹扔回桌上。“AJ先生，我们只希望你继续研究，可你却跑过来。”

我最后一次看3D电影已不知是哪年哪月了，这种荒诞的场景，竟然会发生在我身上，我在椅子上挣扎起来，说：“至少让我抽根烟好吗？”

女郎不悦地瞪着我，铁黑色套装还真像“二战”的党卫军，就缺手里一根皮鞭，头上一顶军帽，以及别在衬衫领口的SS徽章。

“你可真是麻烦。”

她皱着浅褐色眉毛，转身从桌上拿起遥控器，在房间最宽的那面墙上，拉下一面薄膜荧幕，跟着荧幕亮起来，里头出现一名很老的老人。

“主席，这人就是AJ先生。”女郎挺胸立正说。

老人朝她点头微笑：“他的情况还好吧？”

“情况还好，就是毛病挺多。”

老人所处的位置，似乎是一座全由粗面石工砌出来的斗室，他背后正对面墙上，刻着一幅石质盾徽，大大的正圆形中有一只圆规，一把折尺，上下互相交错。

老人表情十分和煦，容貌也是任何地方都能见到的老头，没有什么特别处。他若有所思看了我几秒，忽然说：“刚才那人走了吗？”

“是，我让人送他出去了。”女郎犹豫一会儿，“主席，我感觉您仍旧不信任他，其实这几个月来，他的变化很大。”

老人摇头不语，隔了一会儿又问：“最近还有他们的消息吗？”

“已经很久没听闻了，这个地方十分隐蔽，我不认为他们能找到。”

“别低估金士顿，他们是不会放弃的。”老人叉着双手沉默下来。

在一阵无声的交流后，女郎似乎得到指示，扬起下颚看着我：“主席想跟你说话，单独说话。”说完，扭着腰肢离开房间。

我一头雾水，还不晓得女郎是何方神圣，这会儿又来了一个老头。

“AJ先生，首先我要向你致意，由于你的研究，带给我们很大帮助。”

这个平凡的老人，目测年纪大约70岁，额头上满是皱纹，我仔细看他一遍，还是找不到什么特殊处，就只有一双睿智的眼睛，格外与众不同。

“你不妨叫我索罗吧。”老人笑说。

其实我什么都不想叫，我只想明白这是怎么回事，然后拎着背包离开。

“我知道你心中充满迷惘，我之所以见你，就是想让你别再迷惘，继续你的研究工作。”他仿佛能透视我，精准捕捉到我的想法，“我可不是时时都肯见人的噢。”

这真是一个温和的老人，而且反应十分迅速，他的额头特别宽广，好像经年累月在想一些深刻的事，把额头都想胀了。

不知道为什么，我觉得他有一股哲学家味道，能稍微平复我的紧张。

“我们做的一切，全都是为了拯救人类，我们不是野心家。”

老人抬头看着画面外，像在确认墙上时钟，黄浊色眼球，带着一种不健康的悲悯，然而这并不能让我释怀。

“你以为我在骗你，没这必要。”他眯着眼睛看我，“你难道都没注意到，这个世界正在改变，而且是非常剧烈的改变——极端气候，粮食危机，地球资源过度耗损，AJ 先生，你认为人类还能再撑几年？”

我当然晓得他说的事，老生常谈了，说不担心是骗人的，但我根本不信他们是在拯救人类，盗窃我的研究，和拯救人类有何关系。

我暗自挣扎，想趁老人不注意，把手从铐住我的椅背上挣脱，但手铐铐得十分牢固，我根本毫无机会。

“你还是不相信我，”老人黯然说，“那张椅子是特制的，别用力过度，会伤了你。”

一股凉意当头罩下来，刚才我就觉得不解，老头好像知道我在想什么，我还没举手发问，他总能抢先回答问题。

但这怎么可能。

“这都多亏了你的发明，你的全像脑电波撷取术，帮了我们很大的忙。那张座椅背后，有一组超广角电极接收板，能收集到你的脑波。”

我抬起眼皮，瞄到那张金属材质的座椅，以一个弧度将我的头顶包覆住，椅背上有许多小点，在大脑部位尤其密集。

他将手伸到荧幕外，将荧幕分割出一组画面，画面里有一个三维的脑波潜视图，就像解析几何的 XYZ 轴那样，许多弦波在轴线间振荡。

“这就是你的实验成果，实时的全像脑电波图，你应该十分熟悉。”

子画面的弦波上，标示着 α1、α、β、θ 等符号，不断随时间上下起伏，的确是我独创的脑电波图。

“我们已做过大量测试，次数多到你无法想象，在这种测试强度下，早就能判读出什么样的波形配对，代表受测者哪些想法，譬如刚才你前额叶的 β 快波特别强烈，而 α1 和 α3 却受到抑制，说明你心中有强烈的意识想逃跑，事实上你也的确是这么想的，不是吗？”

我真的震撼住了，他们窃走我的技术，却运用得如此巧妙，如此前瞻，简直令我无法置信。

“现在我们能好好谈了吗？”老人毫无得色，对他来说这些并不重要，“人类势必会毁灭自己，而且按事态发展，就在不久后的将来。”

我发了好久的愣，才说：“你是指地球暖化，气候变迁，和林纳斯的 6 度理论？我知道这些理论，但没有足够的证据能证明人类即将毁灭，这说法太武断了。”

“你之所以会这么想，是因为你只活在自己的研究里，你若和我一样关注世界，就会知道这些年地球的变化有多大。过去 30 年间，人类已耗用将近 1/3 的地球资源，有 75% 的渔场，和 80% 的原始森林，目前都已经过度开发。按人类目前的物质需求，我们需要有五个地球才能活下去。”

老人看着我说：“这些消耗掉的资源，你晓得都跑到哪儿去了吗？”

我回答不出来。

“跑到你的浴室去了。”老人不像在跟我开玩笑，“你的牙膏牙刷、镜子头梳、洗面乳、沐浴乳、洗发精和润丝精，还有大大小小的毛巾、卫生纸、刮胡刀和垃圾桶，都是从地球资源里变出来的。你想想看，光是你一个人的浴室就有那么多什物，而且还不断替换，那么其他房间呢，其他的 70 亿人呢。”

他摇头叹息说：“现代人的物欲，已经到达了临界点，打着各种各样的名义消费——生活所需、产品更新、时尚潮流，每个人都在囤积物品，这种囤积欲也许是与生俱来，也许是被资本家们教育出来，总之已经难以逆转，知道越多，人的欲望就越多，而媒体和科技都成了帮凶。吊诡的是，有许多真正需要的穷人，却根本没机会享用。”

“但……但有些人已经在改变了，譬如一些节能减碳，还有……还有……还有资源回收。”

“这些做法是很好，但是却远远不够。”老人遗憾地说，“大自然的资源，经生产制造，到配送转销，只有 1/70 会成为商品，其余都在各环节中被浪费掉——也就是说你每用一只刮胡刀，就有另外 69 只被浪费了，形成废弃物，甚至是污染源。家庭用品只有一小部分可供回收，工业用品的比例更少——大量制造，大量消耗，人类就像一场无形的森林大火，渐渐快把地球都烧光啦。”

“真的是这样吗？”我听得惊心动魄，“难道都没办法扭转局面？”

“人心，一切都是人心，贪婪来自于人心，物欲来自于人心，想要扭转局面，就只能改变人心。”老人激动地说。

改变人心？

“我问你，你喜欢购物吗？”

我摇头。

“你为什么不喜欢购物，你都不逛卖场吗？”

我很奇怪都什么时候了，他还关心这些，我说：“我大部分时间都待在研究室里，很少出门。”

“为什么你能在研究室待那么久？”

“这个……”我还真不知道，为什么我能在研究室待那么久，我从没深想过。

“因为你热爱这件事，所以能待那么久，”老人笑说，“一个心灵空虚的人，会做各种事来填补空虚，譬如娱乐，譬如消费，生活和工作对他来说只是一桩苦差。然而心有所系的人不是这样，他们专注在一些事上，看轻物欲，不重享乐，因为这些事就能让他们快乐——这就是拯救人类的方法。”

这是什么鬼意思。

“你的脑电波里，α 波的振动特别强，能专心在一件事上的人都是这样；然而有一种人，不但 α 波特别强，更有一些不可测的脑波组合，比一般人更强烈。这种人一生都能专注志业，而且在精神上特别纯粹，外在的物欲，在他们身上几乎看不到——如果全世界都是这样的人，那么这个世界就有救了。”

“这怎么可能？”我叫道。

“可能的，而且你有很大功劳——不，其实你就是一个活的例证。”老人兴奋得每一条抬头纹都在发光，想撑起身子，却似乎双手无力，“我们在这个小镇做了实验，每到下午三点钟，小镇就会进入‘牛顿状态’。”

“牛顿状态？”

“艾萨克·牛顿爵士，是人类历史上最纯粹伟大的心灵思考者，一生独居在自宅内，过着最平淡而无物欲的生活，如果每个人都像他那样，思想通达万有，这个世界或许就还有救。”老人神采飞扬地说，“我们已经撷取到他的脑电波了，用以同化小镇的人，等将来时机成熟，全世界都能用这组脑电波同化，共同进入牛顿状态，这都多亏了你。”

“你在说什么啊？”我整个都迷惑了。

老人不厌其烦解释：“你的全像脑电波撷取术，让我们撷取到牛顿的脑电波，我们用‘脑控武器’同化了这个小镇，效果十分卓著。所谓脑控武器，又叫‘电子精神控制器’，能将人的脑波样本以无线电形式发送，直接改变他人思维。这项技术早在上个世纪的冷战时期就有人研发。如今我们的设备，已能成功影响一个小镇的居民，只要持续扩充设备，投放在各种媒介中，就能在全世界发挥效用——这个实验在每天下午三点钟开始，你都没感觉吗？”

也就是说这个小镇，每天下午三点就会进入那什么……牛顿状态。

“你不但在研究上帮了我们，甚至你本身，也是牛顿状态的受惠者。”老人不无得意地笑着，“还记得吗，当你工作遇到瓶颈，是谁指点了你，帮你找到住处，此后你的研究才一帆风顺，不断有突破。”

“你是说理察，你们利用理察监控我，盗窃我的研究。”

“就是他没错，听说你们情同父子，你觉得他会害你吗？”

曾经有一段时间，我和父亲为了工作的事闹翻，我有好多年没回过家里，那时我真把理察当成父亲看待，像是一种移情作用。

但很快我就知道他终究不是，我的父亲只有一个，在他身体最衰弱时，我们才终于和好。

“你觉得我们盗窃你的研究，这只对了一半，真实情况是，我们非但在各种资源上挹注你，连你的研究内容，我们都帮了不少忙。”

“你别开玩笑啦！”我愤怒道，“理察从未在关键的研究上给我帮忙，他那些指导，全是些可有可无的空话。”

“你的恩师没有，但牛顿有。”老人的情绪毫无波动，“在得到你的初阶成果后，我们便展开测试，你就是我们其中一个对象，我们撷取牛顿的脑电波组态，在你的住处持续发送，你不觉得住进新居后，你的研究便有了飞跃性进展。”

我听得心跳漏了一拍，难道我的研究，真的不是自己的成果，是牛顿在背后推了我一把，就如理察所说，我只是一个碌碌之才。

“你就是牛顿状态的受惠者，你的恩师也是，这半年来他的变化，你该比我们更清楚，他亦是我们计划最忠诚的拥护者。真正大规模测试，其实是近几周的事。此刻我们已经拿到你最终的研究成果，很快就能将牛顿的全像脑电波图，完整复现。”

“不可能的。”我拼命想找他话中破绽，“就算你们真能发送人的脑波，而它又真能影响别人，但你们又怎能撷取到牛顿的脑波样本，他……他早就……”

“早就死了？”老人大笑起来，“简单来说我们挖了牛顿的墓，复制出他那颗神奇脑袋。他有炼金术癖好，生前服食过大量汞齐，身体有许多地方并未完全腐败，这点你不知道吧。”

老天，这些人简直是疯子。

“其实不只是他，包括莫扎特、贝多芬、爱因斯坦等这些伟大人物，全都在我们的关注中。”

老人切换分割画面，荧幕上出现一个怪容器，材质似乎是玻璃，立方体形状，约莫一个炒菜锅大小。容器里头注满液体，有几排细致的线材，由容器外连接进来。在那缸浅黄色液体中，有一颗脑叶静静沉潜其中，表面包覆着一层膜，宛如外壳般取代了脑壳，与那几排线材相连。

“牛顿当年加入共济会，曾经留下一颗臼齿，和几毫升的血液，都被放在琥珀里保存，这是我们的入会仪式之一。我们运用连锁聚合反应技术，放大他的DNA序列，再将新生的脑细胞注射进可塑性模具中，成功复制出他的脑叶。当然神经元联结不可能完全复现，但我们要的只是他独特的脑电波组态。至于盗墓，则是为了补足几段遗失的DNA罢了。”老人充满期待说，“我要让全世界的人，都进入他那种最纯粹的思想状态，就像海边捡拾贝壳的小孩，不用多少欲求，也能在灵性中得到最充实的满足。”

我完全听呆了——共济会，牛顿状态，这些事早已超越我的想象。

“也许你还不理解，但你知道自己的实验有多重要，它能拯救整个世界！”

我发了好半天的愣，落寞地说：“我是不理解，也没你们那么远大的理想，我之所以研究脑电波，只想帮我那个有行动障碍的父亲做点事，可惜，他最后终究还是没等到。”

老人的振奋一瞬间消逝，渐渐地，眼中浮现一丝感伤，点了点头。

轰隆！

一阵巨大的爆炸声，从建筑物里散开，房间外的走廊安静片刻，好多人发出尖叫，一些人在走廊上奔跑，不知道发生了什么事。

门缝底下，隐约闻到了硝烟气味，老人似乎也听到声音，不断问：“怎么了，外面发生了什么事吗，珍娜——”

女郎过了好久才冲进房间，头发都乱了，白皙的脸上染满黑灰：“主席，是那个家伙，我们被他给骗啦，那家伙趁我们不注意，折回来偷走所有实验数据，还炸毁了生化实验室！”

老人大惊，将脸贴靠近荧幕：“那么牛顿爵士的脑叶呢？！”

“也被他带走啦！”女郎几乎是哭着说，“都是我的错，不该相信这人的话，我以为他是真心拥戴这项计划，就像牛顿爵士那样，无私而高尚。”

老人心脏好像快停了，抓着胸口："快，快把那个家伙捉回来，快！"

我听了半天，才晓得他们说的那家伙，就是我的恩师，真没想到他会做出这种事，在别人楼里放置炸药，他不怕伤人吗？

好半天后，陆续有人传来消息，到处都找不到我的恩师。老人难受得不得了，仿佛世界末日到了，脸色苍白无比。

他喃喃地说："怎么会这样，他应该是一个最成功的范例。"

"主席您别急，我们可以再重建一次，欧洲还留有血液样本，虽然要花很多年，但仍有机会的。"女郎悲伤劝说。

我在椅子上坐立不安，问道："这是怎么回事？"

女郎厉瞪我一眼，挥手示意我闭嘴。

老人说："放开他吧。"

女郎有点犹豫，上前解开我身上的手铐和几条束带。

老人难过地说："来不及了，一旦我们实验失败，会所的另一批人，就将采用方案 B 拯救地球，他们恐怕也不想我成功。"

女郎惊讶道："主席是说，那人可能被金士顿他们买通了，就像我们买通他一样。"

我说："有别的方法拯救地球，那也不错啊，总比把所有人同化好吧。"

"你以为我们愿意把人同化，"老人苦笑，"这已经是最仁慈的办法了，你知道所谓方案 B 是什么，是超级细菌，他们在研发超级细菌，想在非白人社群、贫穷线以下的地区散播开，消灭世界最少 80% 的人口，剩下的人自然能得救。你觉得这个方法好吗？我们的方法失败后，就要由他们接手啦。"

我骇然不知所以，怎么会有人想到这种方法，这是在救人还是杀人。

"太扯了，这做法根本毫不人道！"

"人道？"老人脸上浮出一丝不屑，"从'二战'以后直到今天，是人类有史以来最人道的几十年，但你看看他们把世界搞成什么样子，人类日子过得越好，越会将世界带向灭亡。"

这简直是个歪理，但我却无法反驳他。

“你恩师偷走牛顿脑叶，我们多年来的努力，全都付之一炬了。”老人疲惫地捂着脸。

我茫然几秒，一个箭步来到小方桌前面，拿起他们从我身上搜走的设备。

“别动！”女郎反应飞快，从大腿内侧的网袜束带里拔出一把袖珍手枪，坚定地指着我。

“别开枪，”我着急道，“我有办法找到我的老师。”

那是一组跟踪监视器材，我之前在理察车内装了发报器，目的自不待言。我打开那个仪器后，一个发着红光的小点，在器材的面板上幽幽闪烁。

直到几个小时后，他们才肯放走我。我走在街上，看着一辆辆货柜车疾驶而过，满载四面八方的物品。人们从哈洛德百货公司出来，提着大大小小的包装袋，露出富足的微笑。

廉价卖场外，依然有许多人在苦守，等待下一批即期食品出清，与哈洛德百货两个世界。

几周以后，新闻提到南亚一带发现“超级细菌”，经检测带有MCR-1基因，所有抗生素都对之无效，来源亦无法考察。科学界热议了一阵，没多久就被其他新闻掩盖。

我曾偷偷回去过那栋关我的大楼，门窗紧闭，墙上贴了一张出售招贴，里头早已人去楼空。他们不晓得捉到理察没有，后者始终都没再回学校。几周以来，我已没再感受到之前那种状态，我的住处也没找到他们说的脑控武器。

他们离开小镇了吗？以后还会不会回来？那个名为“牛顿状态”的实验，是否还会继续下去？

所谓牛顿状态，是否真能让世界变得更好？至少在理察的身上已然失效，他并没有因此变得无私，反而骗了所有人，是理察本身就有问题，还是连牛顿都并非如他们想的那么高尚？

即便一切都如所愿，所有人都进入完美的牛顿状态，这种无差别的人生，难道不可怕吗？

我又回到过往的生活，继续我的实验，偶尔自己泡杯咖啡。有时午夜梦回，我会突然从床头惊醒，看着黑漆漆的百叶窗，暗想他们哪天会不会又来找我。

人类需要知道真相，地球已经被人挖出一个大洞了，这样的生活方式必须改变，如果在简朴的生活，与牛顿状态之间做选择，人们会选择哪一样？

我不知道。

附带提一件事，前两天我终于被人洗劫了一回，拿走我的皮夹、钥匙和 Oyster 伦敦地铁卡。

抢我的不是那个南亚人，是几名金发小混混。我后来才知道，南亚人其实是咖啡店老板娘的丈夫，这些日子一直在跟踪我。

不论是什么原因，他都无须再担心我了，我已打算离开这座小镇，搬回父亲的老房子，继续我的研究工作。

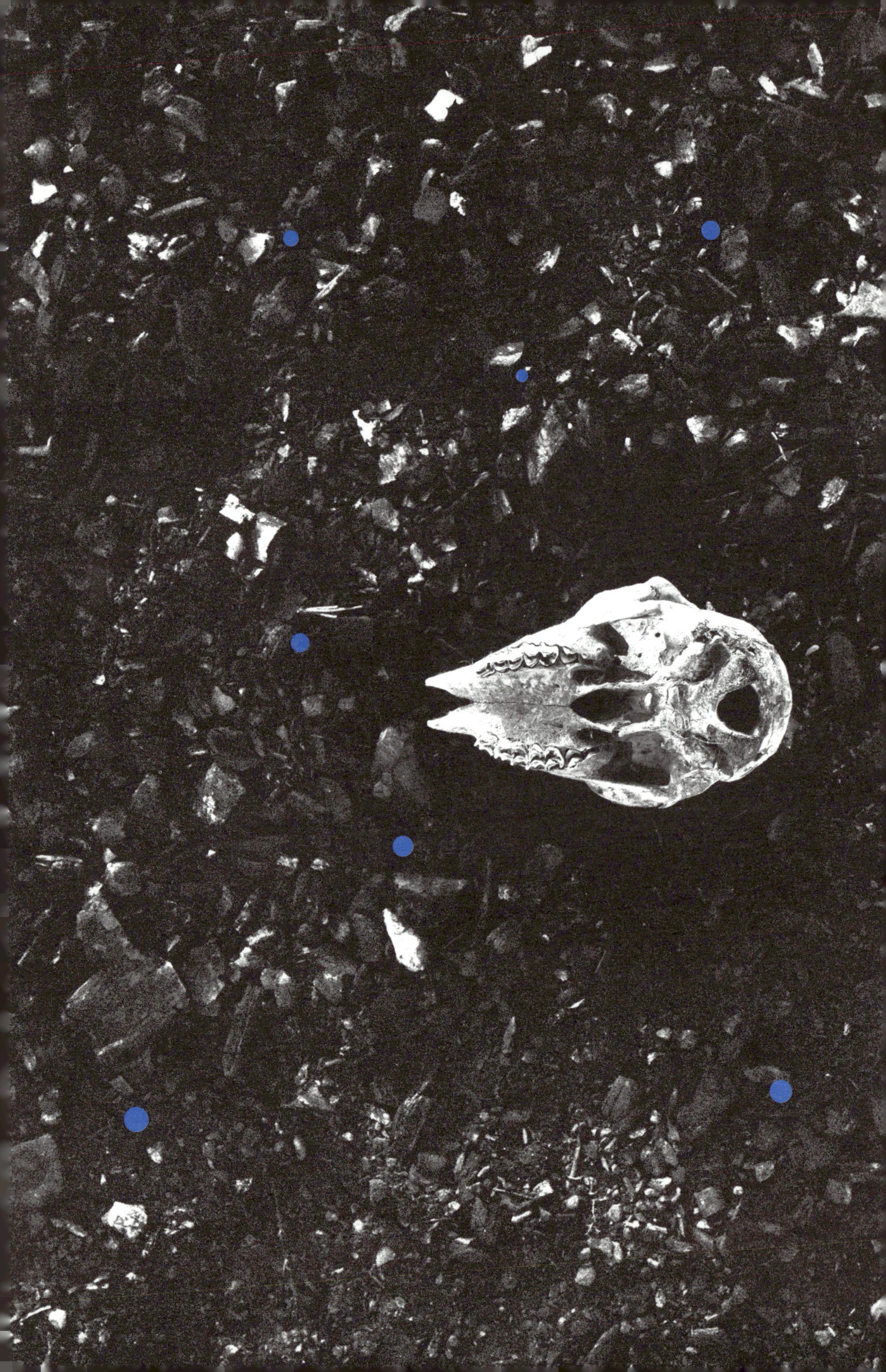

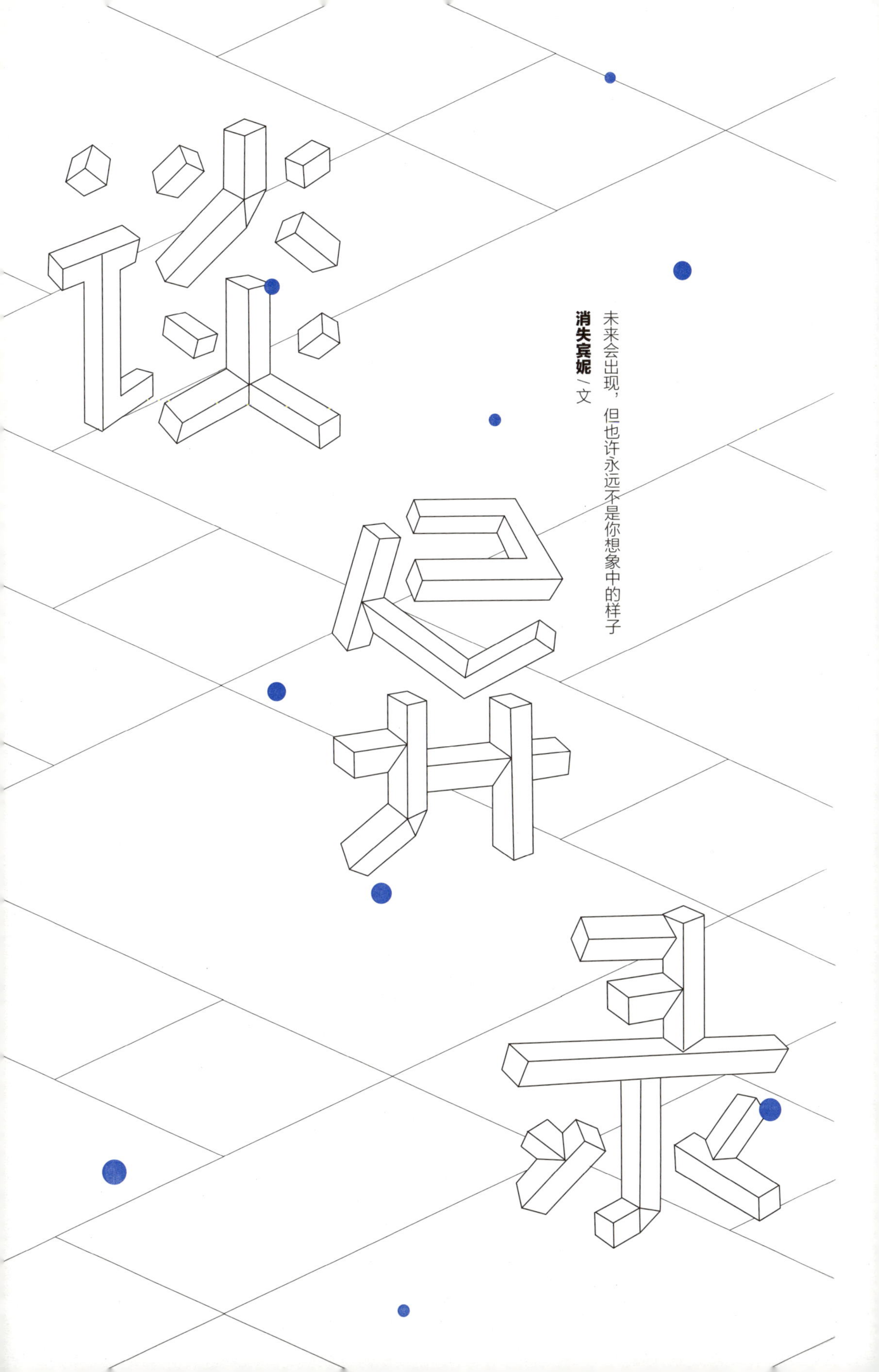

未来会出现，但也许永远不是你想象中的样子

消失宾妮 / 文

未来会出现，

但也许永远不是你想象中的样子

消失宾妮 —— 文

开篇 | **蔡骏：“一切的未来，可能也是现在的历史。”**

这本来应该是一个单对单的分别采访，最后成了奇妙的多人对谈。单对单的采访直接、有针对性，但多人对谈就忽然成了另一种局面，多样的思维碰撞在一起，产生不同的问题，也引发出你从未想象过的答案。

初春的北京一夜，在蓝色港湾，我是第一次见到三位采访对象。

科幻作家郝景芳穿着贴身的职业套装，声音软糯却特别会掌握话题方向，干练暗藏。

未来事务管理局局长姬少亭曾是新华社记者，语速惊人，我在整理录音时发现减缓语速也丝毫听不出差别。而整个采访过程中，她耳垂上的两个“冰淇淋”形的耳环一直在我们的话题中轻轻摇摆。

悬疑作家蔡骏是我们之中唯一的男士，同样，也是唯一语速最慢、声音最柔和的人，他常常给予总结性发言，并且不轻易改变自己的观点。

（以下“我”以“问”代替）

问　今天很有意思，我们得坐在一起聊“未来”。这是一件很抽象的事，而且我们这四位中，包括我，都是女性居多。其实我知道，一般人会认为，对“未来”这种抽象事物的思索，可能还是男性居多。就像科幻作家就被认为是男性领域。

郝景芳　**我觉得这只是在中国科幻界，男作者更多。**

姬少亭　**对，关于科幻领域，我们“未来局科幻导师”兔子瞧做过统计——在美国，目前绝大多数（获奖的科幻作者）是女性。**

问　绝大多数，有比例吗？

姬少亭　**他给出的资料显示，今年（2017）美国星云奖提名，几乎全是女性作者。其实这个趋势是从 2000 年开始，逐年递增。到了 2016 年，几乎获得提名的全是女性。当然这也有一个原因，短篇获得的利益更少，男性作者为了养家糊口也多会选择出版长篇，相对女性创作的科幻中短篇就更多。如果真的对比长篇销量，那还是男作者更多。**

问　所以对“未来”的思索，也很受现实条件的约束。那么作为本场唯一的男性，蔡骏老师，你会去思索“未来”具体的样子吗？

蔡骏　**我不太去想象未来具体的样子，特别是技术上。**

因为我觉得任何关于未来技术上的想象都可能不准确。比如过去我们说达·芬奇为未来做了很多创意、前卫的发明，有些很有意思，但在现在也没有出现。凡尔纳在 19 世纪幻想了 20 世纪的东西，但是绝大多数都没有实现。

如果说有什么是我思考过的未来，我可能更喜欢一些表现未来的社会发展的——比如说人文、制度、体制上的关于未来的想象。我觉得，未来不管是通往自由之路，还是通往奴役之路，虽然我们现在没法判断它，但是它对我们现

在的生活是有帮助的。

有一句话说，一切历史都是当代史。我反过来说，一切的未来，可能也是现在的历史。

一 从“未来事务管理局”聊起，你们在管理什么？

姬少亭 “总要有些人去处理‘未来’的事情。”

问 小姬的头衔非常有意思，“未来事务管理局局长”，听起来非常科幻，你们具体是个什么样的组织？

姬少亭 我以前是在新华社上班，很喜欢科幻，2007 年因为工作接触了科幻圈的朋友们，姬十三（等等），一起为科幻做了一些事情，当时我们做了科学松鼠会。再往后果壳就成立了。

2013 年的时候，看了《第九区》，里面有一个情况，就是当外星人真正来临的时候，就会有一个“外星事务部”的小职员天天在给外星人做登记。于是我就想，如果大家不太关注“未来”，但当“未来”真正来临的时候，应该会有人（像我们这样的官方组织）来做一些事。

所以 2013 年的时候，我做了“未来局”这个组织，想帮一下中国的科幻。当时中国的星云奖很惨，他们是一个组织，跟《科幻世界》杂志的银河奖还不一样，几乎没有经费。（他们当时）特别穷，韩松和大刘（刘慈欣）都会捐 1 万块给星云奖作为他们的活动经费。所以 2014 年，“未来局”开始着手帮忙做星云奖，那一届开始有了 30 万的投入。之后每一届都逐步有了提升。因为这件事，这个品牌（未来事务管理局）也在果壳内部保留了下来。2015 年开始，陆续有投资人开始找上我们，想在“科幻”的内容上做些事。当时我在新华社已经十年，也想有一个 change（因为我很喜欢做记者），后来想了想，只有“科幻”这件事能让我为之放弃做记者。诸多因素合力下，2016 年年初我正式离开新华社，来到“未来局”，“未来事务管理局”成立应该是同一年。

问 所以你们是一家科幻方向的文化公司？

姬少亭 我们对自己的定位是在“科幻”这个行业里，做前期孵化，不仅仅是出版，也不同于其他的“科幻影视孵化”。很多专注科幻影视的文化公司，他们的概念更多是在“跨行业”里。而我们介入的阶段不是从你发表开始，而是从你“想”写小说开始。我们甚至会涉及教他们怎么写，或者提供素材、修改编辑等。这是一个非常前期的孵化，特别深耕。

问 也就是你们几乎是在培植科幻人才，还不是培养，比这个还要早。

郝景芳 他们相当于选了一片贫瘠的土地，然后开始前期的深耕。

姬少亭 对对对，属于红火星的阶段，相当于把一颗行星先做适合地球居住的改造，培植这片土壤啊，放入微生物啊——我们的逻辑就是从最早期去培养科幻方面的人才。

问 听说“未来事务管理局”里有针对科幻的“创作研究部”？

姬少亭 对，就是“科幻导师”兔子瞧所在的部门。其实这个部门是想研究怎么帮助作者成长。因为过去这个行业都是“散养”状态，能发表就发表，能写就写，能成长成什么样很无所谓，你也很难往前走一步。

问 大部分作家的状态一直“散养”。很少有人会提供这方面的帮助。

姬少亭 科幻作家就更少一点。而我们的逻辑也不是教你怎么写起承转合，或者小说怎么写。因为我们是“科幻”，我觉得“科幻”的价值就是许多理念上的“惊喜”。如果你给我看的都是我所知道的，那很难产生这个效果。

这个行业里，我认为最成功的两个人，刘慈欣和韩松，他们的文章能获得极大的成功，其实在于他们的“视野”——你知道什么，其实完全影响了你们笔下是什么。

我们以前做果壳和新华社有累积的资源，像中科院、探月中心。所以我们能带作者看发射，看中科院一些前沿的研究所，能和最前沿的科学家接触。你现在查资料，你也只能看到发表出来的 paper，但这已经是“成果”，而他们（科学家）现在在做什么，“未来”会是什么，这是很难看到的。

所以我们不是要教大家怎么写，而是给大家提供这方面的帮助，我觉得我们的方式是最接近“科幻”本质的。

问　也是一种很“未来”的模式。从长远说，你们在培植给未来的人阅读的精神粮食的创造者。一个双重的“未来”。

二　科幻作家关心的到底是什么？

郝景芳　“我认为讨论类型很没意义，对我而言，最重要的是‘新奇感’。”

问　景芳实际上有很多种身份，就算是在写作上，其实同时也是多类型的作家。你写过游记、现代小说、科幻小说，但如今“科幻作家”应该是你身上最大的标签，对此你怎么看？

郝景芳　我先生对文学也有一点了解。他一直在对我说，你不要作为“科幻小说家”被人知道。你知道冯内古特是什么下场吗？他后半辈子一直在跟人解释“我不是科幻小说家”。（笑）他问我：你要像他一样吗？但凡你还想写一点不是科幻小说的内容，那你就不要作为科幻小说家被人了解。因为科幻，不管是在文学史还是在电影史上，都不受待见。

但我其实觉得（科幻作家这个身份）挺好玩的，不过我不是只能写科幻小说。

问　你有一本游记《时光里的欧洲》，还有一本现实题材的《生于一九八四》，还有一些非科幻的短篇。之前有一个采访，说你是“无类型”的作家。

郝景芳　这种说法源自我之前在人民文学的 APP 上发表小说写的写作感言。我确实觉得，文学类型其实很没意义。每次开笔会，大家都会开始争论“科幻”和“奇幻”的界限，我就会开始看手机。

姬少亭　哈哈，关于科幻的三大讨论：一、女孩为什么会喜欢科幻；二、科幻和奇幻有什么区别；三、你们相信外星人存在吗？

郝景芳　其实还有常见问题，比如，科幻和其他文学类型有什么区别？其实，我构思的时候，起点也许是想写一个“不存在的世界”。但也许下一个作品我就想写一个“现实世界”，也许就想写一个新妈妈和一个婆婆，那就没必要写科幻。但如果你想写一个跟现在不一样的环境，那就只能写科幻。我觉得这个东西（小说类型）只跟你现在想探讨的主题有关系。

问　但是你的小说的很多故事，哪怕是一个很常态的“现在”，但是许多观点其实是很新，很“未来”的。比如《阿房宫》。

郝景芳　我觉得科幻其实是一个“组合”，就像乐高一样。比如《阿房宫》，它虽然有现实成分，但是它也有一点非现实成分，它可以给历史一点新的解释。我其实挺喜欢这个事的——假如说，历史不是按照教科书上那样解释。

我新写的一个科幻长篇也是，在给远古历史一点新的解释——我觉得就是这点“新奇感”，让我觉得挺好玩的。

我现在在做经济研究，也许未来也会写一个现实题材的小说，写一写改革开放的那些人，是怎么影响了时代，怎么做出了戏剧性的选择——前提是要么这个内容给了我极强的触动，要么就是有一些“新意”。但至于这是不是科幻小说，其实我不是特别介意。

问　不过喜欢“新奇感”，就和“科幻”不谋而合。但是你以前有写过一本没有出版的书？

郝景芳　我以前从科学的角度写过一个星象的小说，还在《萌芽》上连载。我取名叫《星与命运的魔法书》，那时候我是想以星象学做引子，写一点科学的东西。结果我去《萌芽》笔会的时候，所有人都问我星盘，指着我说是“星盘专家”，后来我就觉得，这本书我一定不能出。

问　后来这本书没有出？

郝景芳　对，这本书我其实早就写完了，但是就因为这个原因，没有出。我想万一我写了，别人说，这是清华天体物理专业专门写星座的书，那我就再也择不清了。（笑）

问　另一个意义上，这就是古代人渴望去看到“未来”的体现。到现在也有很多人用它推测未来。那么学习天体物理学的景芳，对占星到底是怎么看？

郝景芳　其实我当时的逻辑是说，星象学其实是有一些逻辑，但是刚好巧合到一些有道理的东西。比方说，中国古代有个“五星汇集，天下大乱”的说法，这个时间周期刚好跟地球的小冰期的周期是吻合的，189 年。而这个刚好和中国王朝的更迭也有关系。但是小冰期这个事，刚好和人类的农耕有关系，耕种不收、农民起义，结果影响王朝，人们于是就直接从“五星汇集”推出王朝大乱。结果这本书写完，却给人感觉 “星象学是有道理的”，我觉得这可不行，所以最后就没有出这本书。

问　对，我们这一节可以用小标题，雨果奖得主，为星座背书。

三　关注“过去”的悬疑，里面也有对未来的观点吗？

蔡骏　“我学过一门被淘汰的技术。”

问　对比其他两位“科幻”方面的女士，她们都是比较常与“未来”打交道的。但我看过许多蔡骏老师的作品，你的故事里，关于“记忆” “回忆”，乃至当下的一些故事居多？

蔡骏　确实我的小说里，主要是关于“记忆”会更多一些。关于未来其实也会写到，而且有的小说，也有一些会放在“近未来”，但是重点不在社会的变化，其实还是很像现代，只是故事里我们在追一种将要到来的明天。

在这次《罗生门 · 未来》的主题书里，我写了一个关于焚尸炉、焚尸年代的故事。在这里面，我对未来的想象其实是很悲观的，但是这个其实是映射了当下，而且映射的是对于生命和死亡的审美。

问　“似乎科幻”天然跟“未来”更亲近，而悬疑可能与“人心”“过去的阴影”更亲近？

蔡骏　有一句外国的谚语叫 “邪恶存在于过去”。其实对于科幻小说来说，也可以套用到这个谚语里。但是对我来说，我创作是基于“对想象力的表达”，这个想象力不一定涉及技术，也可以涉及到社会、人文。

问　能不能具体解释一下这句话？

蔡骏　所有的“悬疑小说”，包括悬疑、推理、惊悚、哥特小说都可以用这句话总结。所有的故事都可以追溯到过去的一个秘密、罪恶，再从现在开始慢慢地用过去完成时、过去进行时讲开。

不仅仅是悬疑小说，包括科幻小说，比如《骇客帝国》。《骇客帝国》也是一个关于“邪恶存在于过去”的故事，虽然它的时空是“未来”，但是相对于故事里的人来说，也是过去。

我觉得这句话是相通的。

问　您的“最漫长的一夜”系列里有一篇科幻小说，叫《宛如昨日的一夜》，小说里的蔡老师说，不想做“科学教徒”，但是故事里的你不断地回去使用这个设备。现实里，蔡老师对这些新兴事物是怎样的态度？

蔡骏　这个小说其实并不是在探讨技术，而是在探讨过去，探讨心理，探讨人的心理需求。如果你要往前追，甚至可以追到荣格。

我不是很关注技术上的进步，因为我可能比较喜欢过去。（笑）也可能跟我的经历有关——我以前学过一个（现在）被淘汰的技术，这个技术叫“电报”（民用电报）。以前人们去发一个电报，必须言简意赅，写几个字把意思表达清楚。我学的这门技术就是把汉字输入成四位电码，这个是明码，不是密码。现在香港的身份证还在用这四位数字代表人的名字。而且这个没有规律，必须死记硬背，我当时背了两年，背了 2000 个汉字。

当我刚刚掌握这门技术的时候，这个行业就消失了。这就是我经历过的所谓的“技术的进步”，这个进步当然是好的，但同时也是很多东西的消亡。

四 “未来”能被如何“运用”？

——“未来事务管理局”：大家需要一个关于“未来可能性”的“叙事”。

问　回到“未来”的话题上，“未来事务管理局”目前展开了怎样的合作，现在有盈利吗？

姬少亭　目前我们的收入还是靠出版。而未来可预见的盈利应该在各个行业的合作，包括影视方面。将来，我觉得科幻以后会跨各种行业。比如一些 VR 技术，需要内容填充，也就可以跟我们合作。

现在大家看到的，“科幻”跟传统行业能衔接的应该是“出版”。也就是出书，内容。还有另一块就是影视。

但是我觉得，“科幻”未来是能跟各个方面嫁接的，是一个非常跨领域的东西。包括 VR，包括“艺术”。比如说一些企业，也想了解一些“未来科技”的东西，会找到我们做一些科幻背景的东西，让企业家去了解“未来”。

问　现在已经有人想“付费了解未来”吗？

姬少亭　我们通过“科幻”，认识了很多“科技”领域的人。现在的很多 Geek，很难说自己完全不看“科幻”。举个例子，《三体》在得（雨果）奖之前的火，很大程度就是一些科技大佬非常喜欢——为什么？因为科幻能给现实领域一些“启发”。并不是说这个东西一定就是“科学”，也不一定“严谨”。

目前来说，我们日常接触里，跨界领域里喜欢科幻的越来越多。比方艺术设计领域的人，在科幻片里、文字里，得到的一种新的审美。

蔡骏　其实我觉得科幻小说不用担负（描述未来可能性）这个功能，尤其是当代的科幻小说。以前的科普小说可能还承担，但我觉得科幻小说需要的就是想象力，它对于未来人在极端环境下的极端想象和推演，才是最重要的。

郝景芳　科幻小说也有弱点——如果你写的是一个“未来”的、带有“预言性”的东西。一旦科技发展到达了这个水平上的话，那么很多人就不会再去读。因为它已经是“过去时”。但是我们现在还会去读狄更斯的小说。

姬少亭　也还是看你写的具体是什么。我局科幻导师兔子瞧又总结过，为什么那些搞经济的、搞科技的，会想看“科幻小说”？因为我们其实和美国一样，已经站在“世界前沿”。而站在“世界前沿”面临的问题……

郝景芳　就是不知道“再往前”是什么。

姬少亭　对，这个东西抽象来说，就是大家需要一个关于“未来可能性”的“叙事”。

蔡骏　但其实很多小说里很多东西都是关于未来可能性的。但是它的想象、构建，未必能指导现在的生活，但仍然是有价值的。比如《1984》《发条橙》等，这些有强烈社会性话题的作品。它对未来的想象，跟现实是有很大关联的。但是依然是有价值的。

郝景芳　其实怎么说呢，如果我们的科幻小说探讨的是一个“永恒”的东西，比如像是电影《2001》里的石碑，“人从哪里来”“人到哪里去”，从这个角度看，其实不太会过时。但是如果你具体探讨的是某一个“技术”，比如计算机会有怎样的技术，对人会有怎样的影响，那等到技术达到的那一天，可能我们就不会看了。

但从世界范围内，这是个技术变革的时期。比如 AI。一些人可能是从新闻里关注到世界变化，其实他可能从来没看过科幻作品，但是许多问题被很现实地摆放在眼前了。比如，人工智能，比如是不是很快人就能达到某种“永生”了，于是这个时候他们开始从科幻小说里找答案。

五　人人都在好奇并担忧“人工智能”的走向。

姬少亭　其实这是人类在猜测“未来”对我们的态度。

郝景芳　这个问题就好像是蚂蚁在思索，啊呀，人类如果以后要跟我们争这个洞怎么办，我们地下这个洞好宝贵啊，但是我们人类会去抢蚂蚁的洞吗？

蔡骏　一切关于非常私人化的东西，人情绪上的东西，心理上的东西，这都是机器无法取代的。

问　刚刚景芳提到 AI 人工智能，去年人工智能的几件事非常引人注目。现在很多人都关心 AI 的走向，他们是否会超越人类？是否会发生科幻小说的那种统治人类的场景？

姬少亭　计算上已经超越了。

问　运算上可能是，但很多人担心的是，他们未来会理解和运用“人性”。我个人害怕的是，有一天 AI 可能以某种形式脱离人类。因为他们不需要人类了？

郝景芳　可能很多人恐惧 AI 会有“自我意识”，而“自我意识”这个东西呢，发生在你认识到你的“脆弱性”和“必死性”上，比如说你意识到你这顿饭不吃，你下顿饭就死了。所有的这些“生存危机”，是“自我意识”最大的来源。但如果 AI 是一个全球联网的程序，那他自我的主动性很可能永远没有。

人类一直很矛盾，作为一个人，很多人都想永生，自己的喜怒哀乐，身体上换这换那，意识上传。甚至于在构想 AI 的时候，就会想，AI 会长得像人，还会有一个人类一样的身体，还一定要像人类一样拥有“爱”和“恨”。

可是 AI 凭什么需要爱和恨呢？AI 已经没有躯体了，就算有躯体，他们能更换各个部件，可以意识上传，这已经是一种永生了。

人和人之间的爱和恨，其实是和“繁衍”有关的，和“有性生殖”有关的。AI 没有“有性繁殖”，也就没有婚姻、家庭，没有两性战争，这对于他们的进化完全没有意义。

AI 是程序的进化，他们就是不断学习。没有两性，也没有吃不上饭就会饿死，他不需要人类考虑的这些。人的很多焦虑、生存、爱恋的本质，都是源于生存本能，但是机器根本就没有。

他们如果自我发展，会变成另一个物种。

所以，这个问题就好像是蚂蚁在思索，啊呀，人类如果以后要跟我们争这个洞怎么办，我们地下这个洞好宝贵啊，但是我们人类会去抢蚂蚁的洞吗?

姬少亭　其实会产生这个问题，是因为目前人类处于一个变化的当口，要有一个“他者”来引发人类更深的思考。这个他者可能是“AI”，也可能是“外星人”，这都是人类完全不能理解的“他者”——这其实是人类在猜测“未来”对我们的态度。

我局科幻导师还有一句话——技术的发展，一直比人的“意识”快很多很多。比方说，其实人类一直没理解，“地心说”和“日心说”的本质区别在哪里。我们这代人也没理解，过去我们一直认为，人类也许是宇宙灵性的中心，但是你忽然去理解一下，“日心说”的本质其实是说——你不重要。其实人类一直很难理解这件事。

问　那可不可能说，AI 发现人类是在限制他们，所以他们开始与人类为敌。

郝景芳　我觉得这需要 AI 发现自己是一个“实体”。

姬少亭　AI 如果要做一个反抗，首先他们还是要有一个“自我认知”。这就包括“我是谁”“你是谁”“我跟你有区别”。但搞清楚这个事，所有的 AI 专家都表示很难。

还有一种情况，就是我相信 AI 做事有“逻辑”，因为他写出来是一个程序。但是这个逻辑可能跟你完全没有关系，甚至成了一个“黑箱”。打个比方，就是你让他去买菜，他可能在路上杀了个人，你根本不知道为什么，但他觉得很合理。AI 的逻辑可能会对你有威胁，这是现在就可能发生的。我其实挺喜欢《机械姬》这个电影，因为里面的机器姑娘做的所有事都是你不可理解的。

郝景芳　但其实也可以理解，她做所有事都是为了出去。

姬少亭　对，但是她达成目的思维过程偏向黑箱。她骗了感情杀了人，最后根本不在意她对人类的伤害。这个是我比较欣赏的，我觉得 AI 就应该这样——并不在意人类。姑娘你干得漂亮！

蔡骏　关于 AI，我觉得到了未来终极技术的发展，机器人有可能取代人类（的某部分），但是不能替代。比如说，写一部情感非常复杂的小说。有人说未来人类能够去写《红楼梦》这样的小说，我觉得就算他们能写出来，那也不等同于“红楼梦”。其实写小说取决于每一个人的经历，跟每个人独特的生存环境有关系，今天他经历了什么、说了什么话，感受到的东西不一样，结论就会不一样。

所以我觉得，一切关于非常私人化的东西，人情绪上的东西，心理上的东西，这都是机器无法取代的——这里面涉及了人和动物的区别。机器可以取代动物，但是人和动物是有差别的。

可能机器能够成为非常聪明的动物，但是否能跨越人和动物的界限，这是一个问题。其实这个界限，是跟智商没关系的，比如一个特别会下围棋的动物，或者特别会做各种运算的狗，但是它依然不是人类——依然不会喜怒哀乐，依然和人类会有极大差距。

六　最后，“未来”究竟会是怎样？

姬少亭　科技带来的物件也许会让我们感觉“异化”。

郝景芳　人性从来就没有适应过科技变化，也不会有变化。

蔡骏　人必须同时面临人的生存问题——也就是“物质性”，和人的“精神性”，这两种不同性质事件的撕裂。所以你被困住的感觉会永远存在。

问　刚刚小姬提到了一句话：“技术的发展，一定会比人性发展快。”而“未来”，不会是最大的问题，是人性很难以适应变化？

郝景芳　其实人性从来就没有适应过科技变化。《人类简史》里说的，文明是如何产生的，因为gossip。（笑）7万年前，人类就坐在山洞门口gossip。其实人类就没有什么变化。有些人说技术在翻天覆地变化，外在的技术在变化，人类也有一些适应，但是要靠进化去变化的东西，其实人性没有什么变化，也不太会变。

问　可能说人性不准确，但是其实技术变化，会逼迫人类行为有一些变化。比方说“微信”的出现，已经改变了我们的许多生活方式。

姬少亭　昨天我们说的一件事就特别好玩，比方说你手机没电了，你不会说你手机没电了，你会说你没电了，你要“充电”。比方说我们办公室的小女孩会忽然跑过来跟我说，“我手动圈你”，这其实是表达她想跟你沟通。其实这就是现在的一个现象，你会把一些科技、网络带给你的东西作为代表，慢慢异化你的“身份”和“感受”。就像是“我们苹果党”和“我们安卓党”就不一样。

郝景芳　从一个方面想，这是技术给人的异化。但是从另一个方面想，远古时期，部落里，吃不饱饭的人的房里为什么会有“玉器”的出现？那也是因为我们“戴玉党”和“没戴玉党”不一样呀。只不过是在古代，可能还是“我们龙图腾”和“我们蛇图腾”，或者“我们鸡毛党”和“我们兽皮党”——从情绪上来说，这些情绪还是人性里就有的。它可能会有缓慢的变化。

姬少亭　人性是不会变化的。但是科幻确实是一个考察人性的好途径。

郝景芳　所以我在小说里，还是会去写，人类到某一个环境下，人性有了些改变。

蔡骏　我倒是觉得，只要人活着，或者人进入一种“文明社会”，都会被人性困住。不管是现在，还是 100 年以后的未来，还是在孔子的年代。

因为人必须同时面临人的生存问题——也就是“物质性”，和人的“精神性”，这两种不同性质事件的撕裂。所以你被困住的感觉会永远存在。

这个不会以技术的进步为改变，人会（在这个过程中）更加自由，还是更加被奴役，其实我也不知道。

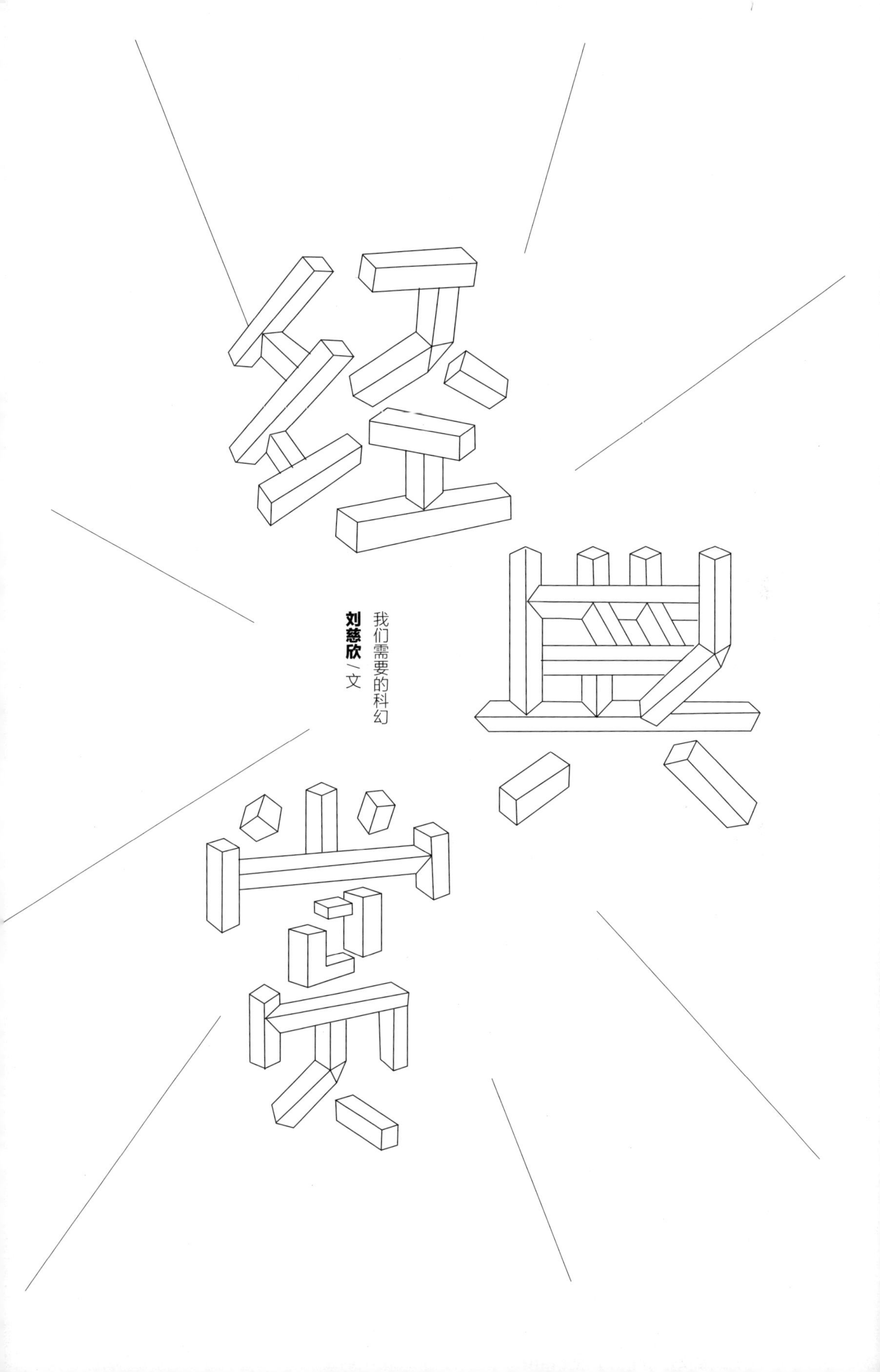
经典赏
我们需要的科幻
刘慈欣/文

我们需要的科幻

刘慈欣 / 文

如果您想做一个终身难忘的梦，我可以介绍个经验：在一个冬夜（最好是我们北方的冬天），到一间没有暖气，温度接近冰点的空荡荡的黑暗的大仓库中，睡在一张硬板床上，盖得越少越好，刚刚好不至于冷得让你睡不着为止。这一夜的梦肯定是高质量的，寒冷中的梦最逼真，而且当你醒来时，寒冷又会令你分不清梦境和现实。

《黑太阳》就是一个这样的梦。

在这个梦里，你站在一个黑白两色的宇宙中，白的是脚下无际的冰原，黑的是上面深不见底的太空，更黑的是那个死太阳，但就在那个比太空更黑的圆盘上，有发着暗红色光芒的交错的裂纹。你们几个人在这冰原上梦游般地走着，眼神呆滞，控制你们意识的小黑石在脑后反射着星星的寒光。你们看到了亿万年前留下的黑色的高塔和庙宇，庙宇的黑墙上怪兽的黄眼睛在盯着你们……这里距地球可能有百万光年，这个时间距我们的现实已有十亿年之久，在那遥远得无法想象的地球故乡，人类文明早已消失，可能地球本身也不存在了。整个冷寂的宇宙中，仅剩下你们，几个在黑太阳下的冰冻海洋上呆滞梦游的人类……这就是威廉森为我们创造的世界，一个令人战栗又着迷的世界。

为什么要读科幻小说？对于普通的读者，这是个 1+1=2 的问题，但同样是这个问题，对于中国科幻界却是科幻文学的哥德巴赫猜想，在中国如游丝般飘忽不定时隐时现的百年科幻史中，不同时期有着不同的答案，至今，中国科幻人仍在为这个问题感到迷惑，这也是科幻小说的一个根本问题，是这个文学种类存在的基石。《黑太阳》虽不能为这个问题带来明确的答案，却给了我们许多启示。

这个问题最早的答案来自鲁迅先生，他认为科幻小说能在中国普及科学，驱除愚昧。不可否认，在当时的历史条件下这是一个伟大的见解，对于当时的中国，它可能比后来那些更合理的见解具有更大的意义，事实上在那个时代，科幻文学在中国如果选择了其他的目标是愚蠢的，甚至是不可原谅的。这个理论一直持续到20世纪50年代，那时这个本该完成其历史使命的理论，却变得更加牢固，也更加功利化，科幻小说成了孩子们学习科学知识的一个工具，现在在社会上，科幻在许多人的眼中仍是这个形象。那么，读者能从《黑太阳》中学到什么科学知识呢？也许能学到一些，但更多得到的是误导。即使从不太严格的科学眼光看，波态飞行中那些遇到恒星的引力场而由波态恢复到常态的飞船，黑太阳行星上那些历经十亿年仍能控制不同星球物种的思维的长生石，都经不起起码的推敲。

20世纪80年代，为什么要读科幻小说问题终于出现了第二个答案：为了在科幻的背景上更深刻地认识社会。不错，《黑太阳》中真的有不少人性和社会的内容，那艘飞船就是一个人类社会的缩影，自私、狭隘、贪婪，钩心斗角、贪污腐化等都能在其中找到影子，同时，在众多的90年代末的西方科幻作品中，这部小说中的人物形象也较为鲜明。但如果你在几十年后还能记得这部小说的话，那记住的肯定不是这些东西。如果真的有人为了这些而看《黑太阳》，那他最好去买一套《人间喜剧》，对于人性和社会，巴尔扎克笔下的那点儿也比这本书深刻。事实上几十年后这部小说中的人物你可能一个都记不起来，但你绝对不会忘记人类作为一个整体在这个黑太阳下的冷寂世界中的恐惧和迷茫。

对于为什么要读科幻小说还有一个答案：它能使我们对人类面临的各种各样的未来做好心理上的准备，以使我们能够提前预防，或至少是从容面对未来的灾难。《黑太阳》描写的确实是未来，也确实是灾难，但那是在距今十亿年之后的未来里，距地球百万光年之遥的世界中的灾难，从我们的太阳的质量等级看，它在那时将以一种完全不同的方式结束生命，如果那时地球上仍存在着文明的话，它将终结于火海中而不是严寒里。描述那样的未来灾难以增强我们的心理承受力，多少有些牵强附会。

但尽管如此，为什么《黑太阳》还是让我们着迷？答案很简单，我们想去那里，想去威廉森为我们创造的那个百万光年之遥的十亿年之后的黑太阳下的世界，我们自愿把威廉森递过来的这颗黑色的长生石贴在脑门儿上，以便在它的控制下梦游。

有时候我们怀疑，上帝可能是一位科幻小说家，因为科幻小说的任务就是创造一个个不同的世界，尽管对于科幻而言这些世界仅能存在于想象之中。事实上，早期的科幻小说并没有试图去创造完整的世界，而只满足于创造某种东西，比如凡尔纳的那些大机器。后来，科幻小说由创造大机器发展到创造世界，标志着科幻文学由工程师向造物主的飞跃。但这造物主的活儿并不好干，科幻史上留下的能称之为经典的想象世界是屈指可数的，就像文学史上留下了哈姆雷特、堂吉诃德这些人物形象一样，科幻史上留下了阿西莫夫的银河帝国，克拉克的拉玛飞船和郝伯特的沙丘行星。《黑太阳》诞生不久，我们当然无法断言它的世界能成为经典，但可以肯定这个世界是创造得极为出色的。

你为什么登山？因为山在那儿；你为什么读科幻？因为科幻中的世界不在那儿！是的，科幻大师们创造的想象世界之所以吸引我们，是因为它们的疏离感，或者说是因为它们与现实的距离。在日复一日灰色的生活中，我们深感现实的乏味与狭小，渴望把自己的生命个体以几何级数复制无数份，像雾气般充满整个宇宙，亲自感受无数个其他世界的神秘与精彩，在另一些时间和另一些空间中经历体验无数种不同的人生，只有想象和幻想能够使我们间接地实现这个愿望，这就是科幻小说吸引力的主要来源。

在以往的科幻理论中，对于科幻小说中的想象世界，主要是强调两点：一是其逻辑自洽性，要使想象世界自成一个在逻辑上能够完好运行的封闭系统。这几乎是科学家干的活儿，比较明显的例子是非欧几何，虽然这种几何后来大量应用在地理制图学和理论物理学中，但创造它们的数学家们当初只是为了得到一个在逻辑上自我满足的几何学世界。二是想象世界的超凡和奇特，要使这些世界与现实拉开距离，以其与现实的巨大落差使读者受到震撼。科幻史上的许多经典之作做到了这两点，但引进之后在国内并没有产生很大的反响，其原因，可能是这些作品有意或无意地忽略了第三点：对想象世界与现实的距离的把握。

首先要对这里提到的“距离”进行说明，这不是物理的距离，而是指想象和幻想的力度和自由度。《星球大战》系列显然是发生在很遥远的地方的故事，用卢卡斯在电影小说开头的话说是在“另一个空间、另一个时间”，但他描述的不过是加上了激光剑和宇宙飞船的地球中世纪，所以说，这是与现实距离很近的科幻。哈尔·克莱门特在国内读者不太熟悉的《临界因素》中描写了这样一种假想的生物，它们呈液态，没有形状，在地层中渗透流动，在流经一个地层空洞通过洞顶的滴水发现了引力……小说中这种生物就生存在地球的地层中，但这个想象世界与现实的距离是很远的。

科幻小说中的想象世界肯定不能与现实太近，否则就会失去其魅力甚至存在的意义；但想象世界与现实的距离也不能太远，否则读者无法把握。创造想象世界如同发射一颗卫星，速度太小则坠回地面，速度太大则逃逸到虚空中，科幻的想象世界只有找准其在现实和想象之间的平衡点才真正具有生命力。而《黑太阳》在这一点上做得尤为出色。

把组成《黑太阳》的世界的各个因素分开来看，它们与现实的落差并不太大。首先那个黑太阳，如太空中一块正在熄灭的火炭，比起另一种死亡的恒星——黑洞，要直观得多；冰星表面的景观我们可以在地球两极找到对应，两栖人蜕变的过程对地球人来说既不陌生也不新奇……所有这些意象，读者都能依托现实在大脑中真实地构建出来，这就给了读者一个现实的拐杖，使他们能够无障碍地在那个想象世界中梦游。但由这些因素构成的那个世界，却与现实有着巨大的落差，是那么超凡，那么令人战栗，使我们真切感受到了那广漠而深邃的寒意。《黑太阳》的这个特点，对于科幻阅读经历相对较少的中国读者尤其可贵。

中国的科幻之火是由西方的作品点燃的，至今，我们的科幻迷记忆中最优秀的科幻小说仍来自西方。但近年来事情发生了变化，西方（主要是美国）的现代科幻在中国干起了相反的事。以前，中国读者阅读的西方科幻大多是 20 世纪 60 年代以前的作品，为了改变这种状况，国内科幻出版界翻译出版了相当数量的外国近期的科幻小说，大部分是美国科幻近年来的顶峰之作。国内的科幻迷们欣喜若狂地先读为快，结果是热脸贴到凉屁股上，从这些装帧精美的小说中，他们再也感受不到昔日从凡尔纳、威尔斯、阿西莫夫和克拉克的作品中感到的那种震撼和愉悦，他们看到的只是晦涩的隐喻和支离破碎的梦境，科幻的想象世界变得阴暗而朦胧。在《站立桑给巴尔》《星潮汹涌》《高城里的男人》这类作品面前，国内的读者大都有一种阅读的障碍和挫折感，这也可能使后来者远离科幻。

但《黑太阳》是个例外，它 1998 年在美国首次出版，可以说是很新的作品了，却带给我们一种久违了的科幻黄金时代的愉悦，它的叙述流畅自然，意象清晰鲜明，使读者能够毫无障碍地走进那个想象世界。

《黑太阳》使我们思考这样一个问题：我们现在到底需要什么样的科幻作品？对于目

前美国科幻小说的状态，国内的科幻界是持赞赏态度的，认为这是科幻作为一种文学成熟的标志，这些美国的顶峰之作在中国没有市场，只是由于我们的读者水平太低。殊不知，美国的年轻读者也看不懂那些作品，因此他们的年轻人已很少读科幻小说了。令人不可理解的是，对于美国的科幻读者年龄偏大这一事实，我们的科幻界仍持赞赏态度，并向往着中国的科幻读者群有一天也能变成这种状态。难道没人想想，当美国这些四十岁以上的老科幻迷都死光后（这好像用不了多长时间了），他们的科幻小说还有谁去读？事实上，国内科幻读者的低龄化正是中国科幻的希望所在，却被我们当作一件遗憾的事，这不能不说是很遗憾的。对于这样的读者群，我们需要的是像《黑太阳》这样既有内涵又有可读性的小说。

去年，在雨果奖的领奖台上威廉森接过了那个火箭状的奖杯，他因一部《最后的地球》荣获这项科幻小说的诺贝尔奖，这是一部与《黑太阳》具有同样清晰明快风格的作品。当然这只是我的想象，威廉森未必能去领奖，因为他那时已 90 岁了。这使我想起有人对科幻迷说过的这样一句话：常常接触科幻小说的人往往看起来比实际年龄年轻，如果这事发生在你身上，请不要惊奇。

AI 种族的史前时代
刘慈欣 / 文

虚拟现实之城
伊村松鼠 / 文

我们的智慧
需要风 / 文

智能的未来
说夜 / 文

作者的未来
黑夜漫步 / 文

鹿谷
黑桃 / 文

爆冬
田烨然 / 文

未来世界少年犯罪法案
君眉 / 文

魇昧
九木 / 文

异星文明
琴月晓 / 文

妻子的秘密
见手青 / 文

今晚的菜单依然没有更新，

还是只有一种，

但客人可以点菜，

有食材又能做的话还是可以吃到的。

白天的大餐吃得很满足，

夜深时分也想有个去处，

这里还是挺不错的。

最近店里的客人有好几位喜欢提起“未来”。

未来。

这个词一听就充满了想象、期待外加一点点惧意呢。

一位客人带动了这个话题，

其他客人就讨论了起来。

因为是深夜，

讨论的声音并不大，

各抒己见或者讲一段关于“未来”的故事。

大作家的格局、小作者的奇想、画家的神游还有读者们飞快闪过的念头。

来一起看看吧。

AI种族的史前时代

刘慈欣/文

计算机系统正在从透明的、可预测的形态，慢慢变成一个黑箱状态，变得难以预测和控制，也许这就是真正的AI即将诞生的征兆，我们正处于一个AI种族的史前时代。

计算机诞生之初，其计算能力就远远超过了人类，后来，它们在下棋时赢了人类，它们能认出人的面孔和听懂多种语言。但即使如此，在我们的内心深处，仍然感觉面对的不是真正的智能。可以想象，即使计算机的性能继续飞速提高，即使它们基于模糊数学的模式识别和推理能力进一步完善，我们仍难以将它们看作是真正的AI。在它们面前，我们缺少面对真正智能的某种关键的感觉。

因为它们的计算过程在本质上是透明和可预测的。

计算机下棋赢了人类不是AI，它下棋输了后恼羞成怒，把鼠标通电杀死对弈的人类棋手，这才是AI。

从不长的历史看，人工智能的发展大体上经历了两个阶段。第一阶段很理想主义，试图用软件的逻辑运算和硬件结构性能的改进直接实现智能，颇有造物主的气魄。随着日本第五代计算机计划的失败，人们发现至少在可预见的未来这很难做到。于是，AI 的研究方向转向数据库和知识库，一种蛮力战略，试图以对巨量的数据和知识检索为基础实现智能。20 世纪 90 年代专家系统的盛行就是这种研究的初步结果。笔者曾参加过一个汽轮机专家系统的开发，印象最深的是：在构建知识库的过程中，当那些人类专家发现自己毕生的经验总结出来就那么几句话时，开始很沮丧，但很快变为自信，并由此发现了自己的价值，他们知道计算机就凭这几句规则是干不了什么大事的，最多只能作为新手学习时的辅助，汽轮机系统真的出了故障还得依靠人类专家，后来的事实证明他们是对的。那些按图索骥（尽管检索的方式十分复杂）的东西确实称不上是真正的智能，真正的经验很难用知识库表达。

但事情正在发生变化。

回忆自己多年的工作经历，就是一个对 IT 系统的恐惧感不断增长的过程。20 世纪 80 年代的 DOS 系统虽然简陋，却比较让人放心，因为它的行为方式十分简单，让干什么就干什么，一切动作都在可预测的范围内；且那时的操作系统透明度较高，据说有些有耐心的人从头到尾通读过 DOS 的源代码，程序的 BUG 可以追溯到最底层。但后来，操作系统飞速发展，简单的 C 提示符变成了绚丽图形界面，系统也渐渐变成了黑箱状态，出现许多难以预测的行为。IT 系统似乎从一个天真无邪的孩童成长为一个城府极深的阴谋家。到现在，系统在感觉上完全是个黑箱，只能在表面上顺从它，谁也不知道它那阴暗的心里在想什么。有时候感觉服务器硬盘的声音像低低的冷笑，交换机上的小灯像无数只不怀好意的小眼睛。当你在软硬件的迷宫中寻找 BUG 时，就像爬行在一个怪物的黏糊糊的肠子里，令人烦躁和绝望。有很多的时候，测试一个软件是否正确比编制它的时间要长得多，对于在线监控的软件尤其如此。

应该承认，这一切都是心理作用，DOS 系统未必比 WIN2000 或 XP 稳定，更不用提那些基于 UNIX 的发电系统 DCS 控制软件，这些来自欧洲的东西极其严谨可靠，可用坚如磐石来形容。但随着 IT 系统的进化，人们总感到自己渐渐失去了对什么东西的控制，就操作系统而言，不只是它们的广大使用者，开发者们也有这种感觉。微软的一个系统设计师说：“（系统开发的过程）就像陷入一个漆黑黏滞的泥潭，怎样挣扎都在沉下去，控制全局简直是妄想。”

这可能就是 AI 初生时的迹象。

其实从本质上说，无论在 DOS 下，还是在 WINDOWS、UNIX 或 LINUX 环境中，软件的行为也都是透明和可以预测的，理论上只要投入足够的人力，任何程序的每次运行都可以分析出精确的进程图；理论上也可以编制出这样的监视软件，把其他软件运行的每一步都精确记录下来，生成一个计算过程的完整报告。即使是软件产生的随机数也是可以预测的，因为现在的 RANDOM 函数都是伪随机的，即使这个函数做到了真随机，情况也没有太大变化，计算过程仍然是透明的。笔者在编制那个汽轮机专家系统的程序时，曾被要求把系统的推理过程，或者说对知识库的检索过程记录下来，当那一串检索树形图被显示或打印出来时，无论是汽轮机专家们还是我们这些编程序的，都觉得这玩意儿乏味至极。

但随着技术的发展，IT 系统的不透明和不可预测性正在增强，虽然目前量变还没有产生质变，但也许，新的非冯结构的计算机体系，配合如进化算法之类的新的软件技术，将使这种突破成为现实。

这里就有一个根本的问题：人类的智能在本质上是不可预测的吗？在大自然中，宏观尺度不可预测的对象，最典型的就是混沌系统，大脑是一个混沌系统吗？如果智能真的是由神经元的巨量互联所产生，那它就不是，虽然神经元的数量巨大，正好与银河系中恒星的数量相当，但这种互联本质上仍是透明和可预测的，理论上可以对思维过程进行精确的全程监视和记录。但谁也不知道这巨量互联的下面还有什么东西，使得思维成为真正不可预测的过程。罗杰·彭罗斯对此持肯定态度，在《皇帝的新脑》中，他认为人类的智能本质上不可能由计算机再现。

科学的目标，就是使不透明和不可预测的大自然变成透明的和可预测的，但现在人类在人工智能领域却进行着奇特的努力，试图创造出一个本质上不透明和不可预测的东西，这听起来不太妙。真正的AI诞生之日，就是我们的恐惧变成现实之时，但我们仍乐此不疲，这就是人类的天性，无论男人还是女人，一个行为完全可预测的情人都谈不上什么魅力。创造出一件高于自己且不可预测的东西是有巨大诱惑力的，尽管与它下棋时可能被电死。

看看我们面前的沃森机器人，我们明白自己正处于AI种族的史前时代。

虚拟现实之城

伊村松鼠/文

由于 VR 技术的推进及普及，在不久的未来，几乎可以预见这样的情况出现，那就是人类城市空间固有模式的重塑。

简单来说便是公司不再需要集中在写字楼办公，商店无须统一在商业街开店，聚会不需要在诸如 KTV、电影院等实体场所实现。而每一个人理论上可以在世界任何角落过自己的生活并参与世界任何角落需要他/她参与的活动。

这一切都通过一台足够强大的VR系统便能实现。

想象一下这样的生活，在美丽的湖滨小镇宽大的房子里醒来，悠然地洗漱完毕并吃完早餐，然后不需要着急去赶早高峰的地铁或者像一只沙丁鱼罐头一样被压缩在艰难行驶的私家车里。你只需要推开房子里专门为 VR 设置的一间房间，带上设备，接通系统。

一瞬间，你便能前往硅谷的办公室或者北京的会议间。同事们相互打着招呼出现在你的面前，他们穿戴整齐梳妆得体，每个人都精神焕发，让你很快准备好一副好心情以便参与到今天并不轻松的工作中去。

午休的时候，你想起意大利的皮鞋电商给你发过新品推送。你连接上对方的店铺，很快便来到对方位于米兰的商店。而帅气的导购小哥已经在那里微笑着等候你大驾光临了。

下班以后当然少不了的是聚会，今晚的晚餐安排在东京银座的居酒屋。远在澳大利亚的朋友们热情地招呼你入席，他们谈论着今天在大堡礁的奇妙经历，并给你拷贝了一份实时的 VR 录音，以便你方便的时候身临其境地感受一下美妙的海底景观。

虽然通过电子设备刺激味蕾而产生的食物口味还未能做到和真实的食物一模一样，但相信这也只是时间的问题。不过毕竟对于聚会而言，不在乎吃了什么而在意是和谁一起并且聊了什么。

聚会结束后你摘下设备，走到露台上，倒上一杯红酒，并且拉出鱼竿来，就着夕阳映射在湖面上的余晖，钓着并不在意是否会上钩的鱼。

这便是你普通的一天的生活。不仅是你，而是这世界上大多数人的普通的一天的生活。

在这样的社会结构中，城市渐渐解体，超大城市更是毫无存在的必要，人类散落在世界的各地，有更多的时间去过他们想要的生活，而无须再像罐头一样被压缩在一个个钢筋混凝土的盒子里。

当然这只是从技术的角度去设想未来，然而就如同那句话所说："在科技如此发达的今天，所有的饥荒都不是技术问题，而是政治问题。"

所以说阻止人类实现上文所描述的美好世界的，自然不是科技，而是类似如何消弭各意识形态之间的冲突这种社会学问题。

总而言之，下一个世纪我们是进入类似《疯狂的麦克斯》里的那种废土文化，还是进入乌托邦一般美好的未来世界，选择权更多的还是在人类自己手里。

我们的智慧

需要风/文

我们的祖先从树上下来，发现猛兽空有一身蛮力实际上智商低下，于是不断升级自己的“智慧天赋”：手指变得灵活，脚掌变得宽大，舍弃厚重的毛发减少寄生虫的滋生，发明了语言，求偶生育保护子女，最后变成了现在你我的模样。

那是一个漫长的毫无察觉的自然选择，而当我们发现自身有能力改变身边的一切时，人工选择其实早已开始。

我们亲近可爱的物种，我们圈养可食用的动物，开山劈石，架桥修路，书籍失传了又重著，焚毁了又重修，文字从甲骨文变成小篆变成正体字再变成中文简体。在自然选择已经对人类无其他影响的情况下，我们总是使用最方便快捷耗费物质资料最少的方式去改造社会。

由此，未来可以预见的是，我们将会在极为漫长的有目的的人工选择中度过，我们的后代将会更加符合那代人的审美，无论是外表还是内心，寿命也会更长。也就是，我们自身目前所存在的大部分缺点，无论是身体机能、外貌问题还是内心存在的疾病缺陷，都可能会在未来的某个日子，被某种临床应用的类似基因改造技术或者纳米修复技术的手段一一改正，可这对于现在的我们并不是一个好消息。

因为科幻故事历来都是悲观的，就算未来多么耀眼光芒万丈，我们潜意识中对未知产生的敬畏，使得我们在真正面对未来时，或多或少都会恐惧。而留恋自己时代的我们站在第三者的角度，审视未来的同时，看到最多的，往往是那个未来世界所存在的问题，也许只是在某些地方，它与目前主流价值观相悖，而这种反差则很好地警醒了当下。

在 1997 年美国科幻电影《变种异煞》中，未来的人类还未出生便接受了基因改造，从而变得完美，而主角作为自然出生而被归类为拥有劣等基因的人，时刻受到不公正的基因歧视。而在另一部科幻电影《撕裂的末日》中，统治者认为导致世界大战的原因即是人类的贪欲及各种情感，因此每个人都被注射一种能够麻痹情感神经的药物。

这当然不是我们的未来，只是出于极端情况下的假设，因为我们不太可能一下子摒弃曾经所认为正确的价值观念。毕竟，忠孝礼义廉历经三千年仍在我们身上根深蒂固；西方的骑士精神以及崇尚自由也已融进了他们的血液中。这些祖先留下的文化精髓，将会在未来我们不断自我人工选择的过程中，修正我们的偏差，移除我们的错误。

在自然科技推陈出新不断进步的当下或者未来，还好有人文科学的存在，通过返回自身的本源去发现生活的意义。因此，未来那个不断经过人工选择的社会，可能会达到某种程度的完美，但那种完美不是机械的，而是带有人文气息的，应该是美好的。

或许只是偶然，我们的祖先从树上下来，与猛兽搏斗，与自然抗争，未知的恐惧时刻困扰着自己，在那样漫长的时间，我们解放手脚直立起身体，我们选择图腾崇尚某一个神，我们确定行为准则交往方式，我们效仿自然法则创造规章制度……那些古老的智慧经过一代又一代传递下来，终于成为了我们互相遵从的文化传统，并且将会在未来人类不断的人工选择、在自然科技高歌猛进的过程中，不至于迷失自己。

智能的未来

说夜/文

未来的方向很简单，就是越来越多的事情交给机械去做，让人类解放更多的时间和精力去做只有人类才能做的事情，或者是自己想做的事情。一般我们称这个过程为智能化。

智能化这个东西听起来很高端，其实是个简单得不得了的东西。凯文凯利定义智能就是可以离开人类自己运行的东西。

往早了说，水车可以借助水力自动运行，就是一个智能设备，解放了畜力和人力，提高了社会效率。再往后，纺织机减少了工序，解放了这些工序需要耗费的人力，就提高了效率。

说个好玩的，就连咱们用的马桶，按一下就能出水，也比古代提桶去冲刷要智能得多。

到了咱们现代，打车软件自动匹配，可以节省半个小时以上的等车时间。简单搜索一个关键词，几千万条结果，放到古代去就是几千学士在图书馆里检索一辈子才能搞定的，现在只需要零点几毫秒的反应时间就可以得出结果。更不用说音响显示器这种传奇级的产品了，到哪里去找一流歌手和一流演员在自己面前表演啊，以前帝王将相的享受，现在只用几百块钱就可以享受到。

不仅仅是这些，我们生活细微处也在悄然地发生智能化。

打扫卫生现在可以用扫地机器人，洗碗可以用洗碗机，还有洗衣机、饮水机，这些放在低科技的环境下都是需要巨量的人力去做的，但是现在我们就有智能化的设备，一个人生活的成本大大降低。所以很多年轻人不懂上一代人为什么对集体那么看重，因为这一代人生活在一个高度智能化的社会中，不需要大量的人力去分摊简单烦琐的劳动。

智能化提高了社会效率的同时，也让生活成本降低，很多人权活动都发生在社会效率提升之后。到了现代，智能化更是推动了全民个性化时代的到来。

现在有一种智能硬件，可以设定自定义的触发条件，形成智能家居的逻辑。比如房间温度低于 15 摄氏度就自动打开空调，空气湿度低于 30% 打开增湿器，早晨八点就打开窗帘，预约煮粥，早上起来就能吃。而实现这些功能只需要花三四百块钱。

是不是闻到了一点未来的味道?

一个智能化作为背景的未来，是一个高度个性化定制化的未来。根据你的个人习惯，个人爱好，定制围绕你的一切设定。别觉得这一切触不可及，在你家里，你买的电视的大小，电脑性能的强弱，洗衣机的容量，其实都是你个人定制的，根据你的需要来购买的，这就是一种初步的定制化。

而在未来，这些定制化会精确到习惯级，情绪级。根据你的审美定制配色，根据你的经历定制设计，根据你的体征定制细节，我们在不经意之间透露出的信息会被大数据采集，最终反映在个性化之中。

不知不觉中，我们已经被一支智能化的管家团队所环绕，想想是不是有点幸福呢?

作者的未来

黑夜漫步／文

谈到未来，不得不谈谈科幻作家的宿命感。

不论是特德·姜的《你一生的故事》，还是梶尾真治的《时尼的肖像》，作者似乎都在表达着一种凝固状态的时间结构。两者用不同的角度讲述了几乎相同的时间概念——过去和未来之间并没有方向性，而那所谓的方向性，只是我们经历人生时所产生的错觉。

中文一向是很玄妙的，比如说未来这个词，乍一读，给人一种遥远又虚无的感觉。但拆分来看，却有着“还未到来”这一层意思。

到来是需要一个主体的。而即便是把这个主体换成我们自己，恐怕也没人能知道将要到来的是什么。没人能真正掌握未来，毕竟从心理学的角度来讲，人甚至难解自己的所有意识层面。

所以，小说的作者们不在乎这种未来。他们在乎的是另一种，来自过去的，可以预见的未来。

下面，我想讲一个小故事，这是我在春节期间，听长辈讲的一个熟悉得不能再熟悉的故事。亦是一个关于小说作者所在乎的“未来”的故事。

一位病入膏肓的老人，入院一年半，各种治疗手段都用了，从最开始保守治疗，到最后能开刀的地方几乎都开过了刀。医生本来不建议做手术，毕竟岁数大了，就算手术成功，身体也难以恢复。但家属坚持要做，也就没什么办法。

老人躺在病床上，被折腾得几乎没有了人样儿。嗓子里插着呼吸管，浑身上下几乎看不出还有肌肉，瘦得骨头连着皮。外人不好明说，但心里难免犯嘀咕，旁敲侧击之下，才了解到一些原委。

原来，老人的大儿子在外国搞科研项目，签了几年的合约，上亿投资投下去了，合约里有这么一条，就是项目进行的时间里，不允许出国。这道理大家都懂，说是怕泄露机密，实则是防止人才外流。如果毁掉合约不仅毁了他的前途，甚至还有倾家荡产的危险。

原来老人一直都在等儿子啊！众人从老人的小女儿嘴里听到这些，也没什么话说。但大夫却对这些好心的“外人”说，老人大概过不去这个年关了，最近一段时间，老人经常处于昏迷状态。就连医生也说不准，什么时候可能突然人就没了。

当年老人于我的这位亲戚有恩，于是他就拜托老人家的小女儿，有事一定及时通知他。快到年关的那一晚，果然如医生所说，对方来了电话，支吾几句，大概是说，老人状况不太好。亲戚匆忙赶到医院，发现老人各项指标都已经不行了，就只剩下吊着一口气。

“大概等不着儿子回来了。”在厕所抽烟的时候，老人的女婿像是在说别人家事一样。

“不知道儿子回不来吗？”亲戚问道。

“谁知道呢？”

亲戚对这种轻描淡写的不在乎感到吃惊，可表面上依然表现出礼貌。

“也没给孩子留下什么，送走了的，人家不回来了。就剩个姑娘天天趴在床头上哭，这算是个什么事儿。”

女婿说话时，像是朝着亲戚说的，但又像是自言自语。亲戚说，他当时只觉得厌恶。也不知道这种厌恶从何而来的，按照他自己的话说，亲戚原本就是个圆滑世故的人，不认为女婿一定要做得像亲儿子一样，家庭大抵都是表面功夫，说说闲话发泄一下也属正常。

但在这一刻，他却感觉到了一种异样。

实际上，老人的儿子，亲戚也见过。小时候就是书呆子一个，要说年纪，和我这位亲戚几乎同龄，但不懂人情世故，似乎也对交往没什么兴趣。倒是有着一颗天生的好脑袋，搞科研厉害，饿不死。老人当年千方百计给他讨了个实在媳妇，现在两人在美国可以说是衣食无忧。

倒是反观小女儿和女婿，自从老人的老伴儿去世了，就搬去了老人家里住。表面上是去照顾老人，实际动机不言自喻。这一回，老人重病，据女婿说，小女儿把房子抵押了，套出的钱给老人治病。眼看剩下的也不多了。

“你说孩子还要上学，我单位这边也有一个项目，做成了能入原始股。”女婿深吸了一口烟，又吐出一句话来，“钱都没花在刀刃上。”

一种隐隐的感觉在亲戚心里涌动，他离开卫生间，回到病房。发现小女儿正和医生谈着事情。

“一般我们不建议家属用非洋地黄。”

是个年轻医生，说话一板一眼的，前几天还

常来的主任医师这一整天都没见到。

“他必须好起来，他还要等我哥回来，医生你看能不能帮忙想想办法？”

“强心剂的作用……”

亲戚心里咯噔一下。非洋地黄这名字不熟，强心剂却人人都知道。可以说，这是现代医学治病不救命的极致体现，上了强心剂的人就不是人了，和医院里的床单一样，占个床位，每天交钱而已。

后面的话，亲戚都没有听进去。等医生走了，小女儿独自坐在床边。有一瞬间，亲戚觉得她的背影像个十几岁的孩子，他揉了揉脑门儿，不知道为何自己会产生这样的错觉。

但也正是这时，他突然觉得有些事情想通了。

“你知道吧，你哥回不来了。”

小女儿似乎愣了一下。她抬起头，望过来，眼圈儿红了。

“老爷子这一辈子，教会我很多东西。我很感激他，他就像我的第二个父亲。”亲戚说着，在一旁坐了下来。

“但我最感激的，是他教会我看人。”

顿了顿，他接着说道，

“老爷子一辈子顶天立地，活得不卑不亢，但他也是人，也有放不下的事情。”

“你，什么意思？”

亲戚说，对方这话问得抵触，他当时就没有直说。

酒席上，他没言明。但我想，他大概还是直说了。因为我总觉得他不是一个那么能忍的人，话到了嘴边，他留不住。也许他并不是像自己想的那样圆滑和世故。

据说，后来小女儿终于没有让老人上强心剂。年三十儿那天，也就是讲述这个故事之前的几个小时前，小女儿打来了电话，说老人醒了，虽然只有短短的几分钟时间。

因为呼吸道有个口子，所以老人说不了话，小女儿就替老人说。

“哥回不来，他在美国过得很好，您不用操心惦记。有嫂子在呢，嫂子她人善良，都是你一手给挑的，大家信得过你的眼光。”

老人点了点头。怔怔地望着小女儿。

“爸，你也不用担心我。我以前总是害怕离了你，自己什么都做不好，总想让你给我出出主意。但这次我自己做主，不论好坏，我都担着。”

老人看到她手里拿着的东西，定了定神，张嘴不知道说些什么。没人听得懂，后来只是一边流泪，一边一个劲儿地点头。

据说，小女儿手里拿着的，是一张离婚协议书。

她对老人说的最后一句话是：“爸，你想做什么就做吧。”

就这样，老人到底没能熬过这个年。

酒席上，亲戚语重心长地说：老人那些漫长的治疗和等待，都是有意义的，那看似不合理的过去，都是由那些我们所看不见的合理组成的。

对于当初躺在病床上，经受手术和病痛折磨的老人来说，那一刻，大概就是属于他的未来。

由过去合理的一切，所组成的那个未来。

鹿谷

黑桃/文

我与鹿谷签订了保密协议。

三个月前，爸爸被诊断出肝癌晚期，无药可救。

那天夜里，黑衣人将爸爸抬上鹿谷专用医疗车，对他进行了一次全身检查。很快地，爸爸被推入了手术室，医生剖开了他的胸腔，取出那活生生还在跳动的心脏。

——道家有云，心为神之舍，心藏神，统领魂魄，既是识神，亦是元神。这个“神”用通俗的话来讲，就是偶尔被生命仪器捕捉到而被解释为“波”的一种能量，这个“能量”一般有三种状态，游离状态、纠缠状态和独立状态。

当“元神”为游离状态时，几乎没有独立自主的意识，会很快与其他无意识的“元神”融合成一束宇宙能量，湮灭自我，回归大荒。

当“元神”为纠缠状态时，是与鲜活的肉体

发生了纠缠，不论这肉体——这颗心，移植到了哪里，“元神”会始终追随，这就是有些人为何被移植了心脏，却渐渐像换了个人一样，这是“元神”纠缠显现出来的原因。

除此之外，还有最罕见的独立状态，此时的“元神”，由于机缘巧合——外力或者内力的作用下，使得它拥有不一般的能量，能够脱离于肉体单独存在；但这种存在如果没有得到后续能量的作用，也会很快变成游离状态，泯然消逝。

人类因为无法提取出“神”，或是即便提取了“神”，也无法让它长久地保持独立状态，于是只能剖开胸腔，将神之舍的心脏取出——我爸爸的心脏被接上了无数精细的人造血管，并在血管另一端连接了模拟大脑信号的仿生板，它的作用是透过仿生眼视物，通过发声器对话，大概是活体移植的原因，仿生板上还有类似记忆芯片的东西。

随后，医生从无菌箱里取出一个透明容器，注入新鲜的鹿血，再兑入透明溶剂搅拌，将鹿血调和成永不凝固的浅粉色液体，最后将那颗跳动的心脏放了进去，加以密封。

听闻鹿血最贴近人类体液，服食灵芝后的鹿血更加温养补气，如营养基般供养着心脏。我想这大概都是心理作用，无非是让人觉得这笔巨额费用花得值当一些，好比他们拿出一排坛子，让我挑选一个比较喜欢的颜色，用来盛放被延续了生命的“爸爸”。

但，这种由鹿血调和出来维系心脏活动的体液并不能保持长久的洁净，前三年需要每月都来做一次排异检测、病毒检测及细菌活动指数检测等，逐渐稳定后才可以减少至半年检查一次。

过了三年的观察期，我已经适应了与这样的“爸爸”共同生活。

起初，他会与我们谈笑对话，会用仿生眼观察这个世界，会像一株花一样需要人的照看。

后来渐渐地，他不再念叨过去的时光，也不叫我们带他到户外走走，经常沉默地望着空荡荡的房间，长久不发出声音。

爸爸是不是病了?

我抱着坛子回到鹿谷，鹿谷医生与他在密不透风的诊疗室里聊了一下午，拿出几张新协议给我说："你父亲决定终止生命，你是否同意呢？"

我惊呆了，立刻冲进了诊疗室。

爸爸的坛子犹犹豫豫地发出电子音说："我想你妈妈了，我想与她……合葬在一起。你有了自己的家庭，我也该放手了。我想了好久，也不敢说……怕伤了你的心。"

我的眼泪一滴一滴落下来："我不想要你死。"

医生摇摇头："早在多年以前你爸爸就已经死了，留下的只是那颗对小女儿不舍的心。早在签订保密协议时，你就知道，鹿谷延续的并不是生命，而是出于对生命的尊重，以最大限度地完善完美了生命里未完成的缺憾而已。"

爆冬

田烨然/文

纽曼已经很久都没有发动车子的引擎了，总觉钥匙扭开的瞬间背后这座欧式建筑风格的房子会跟着汽车爆炸的火光一起灰飞烟灭，他觉得附近住着的那些邻居也是这样想的，这一辆辆车呈现着不同的姿态静静地躺在车库里，油箱内的汽油想必也因为这冬天过分的寒冷而冻结，街道上的雾气越来越大，让他有些看不清电轨车是否停靠到了他的身旁。

只听见哗啦一声，周围那浓浓的气体全部朝着一个方向涌去，他按下了口罩的循环过滤系统，跟着那团白冲了进去，车门关闭的那一刹那，像是从鬼门关逃出来似的，车厢内所有的乘客都戴着形似防毒面具的口罩，他看不见他们的眼睛和表情，无法分辨在那被遮挡下的一个个面容上是嘲笑还是惋惜。

电轨车的挡风玻璃早已换成了智能电子屏幕，将前方的道路通过雷达和红外线扫描得一清二楚，路上没有车，没有行人，甚至连流浪猫狗都没有。啊，对了，去年冬天因为一场自然环境的灾变，整个纳斯金州的动物在一个星期内几乎灭绝，除了一种动物，即日夜躲藏在山洞中，倒挂着身体冬眠的蝙蝠。

市区内的街道被政府包裹了一层透明的纳米搁板，在这里，人们终于摘下了悚人的口罩，面露笑容地冲着对方自由自在打着招呼，呼吸着郊区外那座工厂制造出来的氧气。纽曼是个银行经理，但现在的银行已经不再管理金钱这种低级的玩意儿了，偌大的金库内没有金碧辉煌，没有积压的特殊脂味，而是被分割成两块区域，左面的罐子里存储的是氧气，右面的罐子里存储的是淡水，因为，在这个时代，这两种东西要比任何奢侈品还要奢侈。

从金库出来，把存单递交给客户后，他突然被杰克和沈贤叫住，三个人闲聊了几句，便登上了天台的咖啡厅，说是透透气，却依然只能躲在那些搁板层下看着眼前这座虚无缥缈的城市，这秒还能看到情人塔，下一秒这座塔就被吞噬在了浓雾中。

杰克抿了口咖啡发牢骚道："妈的，又涨价了，前天一杯咖啡还是只需要 40 毫升，今天竟然 60 毫升了，我一个月也才几千毫升的供量啊！"

沈贤没有点咖啡，而是点了半杯水，他也是小啜了一口说："环境越来越恶劣，尤其到了冬天，这所谓的雾霾根本就散不去，表面上看起来挺温柔的，其实化学组成一看，今年又多了几样有害物质。"

纽曼将咖啡一饮而尽说："所以，还是要努力工作，多拉客户，才能拿到提成。"

"你说，为什么一到了冬天，整个州就禁止私家车出行了呢？"沈贤问道。

"能见度半米，找撞啊。"杰克回道。

纽曼轻轻地用手指磕了几下桌子说："我觉得雾霾要是再这样下去，恐怕，我在中心点燃根火柴，政府大楼就炸了！"

三个人开始哈哈大笑，戏谑着眼前这一场人为灾难，人类是雾霾最大的制造者，同时也是雾霾最大的受害者。

纽曼抬头看去，头顶的搁板有着几道裂缝，那些白色的气体像是一条条细长蛇偷袭了进来，接着，他听到了打火机点烟的声音，然后眼前一片火光。

未来世界少年犯罪法案

君眉/文

一直以来，世界各地未成年暴力犯层出不穷。在一些极端暴力的杀人案件中，更是不乏年龄低幼、缺乏关爱或是智力超群的天才儿童。出于未成年保护法，这类人群通常都是进入少教所一段时间后，又大摇大摆地重回社会。随着恶性事件罪犯越来越低龄化，在民众的激愤与施压下，政府决定采用一项新的少年犯罪法案。

在这项新法案中，所有犯杀人罪的少年将在法庭被判有罪后，接受身体深度入眠，而他们的大脑系统则会被随机分配，联通和进入一台与他们的年龄相仿的高仿真机器人。经过一段适应和观察期，这些孩子中表现正常者将被送回社会，以全新的外表和身份融入新的团体，开始接受真正的考察。

在这一过程中，除了清楚明白自己的特殊之外，这些孩子身边的人对他们的过去和机器人的身体构造都一无所知。他们将拥有全新的父母、家庭、校园以及各种人际关系，而他们唯一需要做的就是像普通人一样生活。当然了，出于安全考虑，政府会安插一位考察员，潜伏在他们的日常生活中。除此之外，这些孩子们也被要求以每周一次的频次写下重获自由后的感觉。通过这些观察和报告，官方人员会暗中记录这些孩子在各方面的得分，将他们划分为不同的等级，并由这些等级决定他们是否获释。

法案实施后不久，某小镇上的两名男孩相遇了，在此称两人为 A 和 B。

从他人口中，他们得知对方都才来这个地方不久。相较 A 的木讷粗犷，男孩 B 更为狡猾聪颖，他利用各种契机接近 A，确定了对方与自己相同的少年犯机器人的身份。于是，向来不甘受制于人，嗜血成性的少年 B 决定利用 A 来做实验，找出新法案的漏洞。

B 先是找出了隐藏在自己身边的考察员，并故意在有他出现的地方表现出天真与善良的一面，以博取官方得分。接着，他又在一些公众场合激怒 A，引导对方大打出手，使 A 在周围人眼中的形象大跌。在屡次收到官方警告和不受信任的环境中，原本打算重新开始的少年 A 逐渐偏离了正常的轨道，像之前一样通过虐杀动物、殴打弱小的孩子来宣泄自己的情绪。但是，在这个小镇中，他所接受过的友情和爱又让他不断地摇摆，陷入更深的自我厌恶。另一方面，少年 B 一边扮演着好孩子的角色，一边冷眼旁观 A 的变化，并设计杀害了 A 的考察员，嫁祸给 A，彻底让他跌入万劫不复的境地。

很快，少年 A 无声无息从小镇消失，而少年 B 也接到了返回的通知。

重新站到自己身体前的少年 B 对自己新的犯罪成果相当满意。但出乎意料，陪同他的警官非但没有把他的大脑与身体相连，反而当着他的面将他的身体付之一炬。在 B 的错愕中，进入小镇后的一切在他眼前快速播放起来。原来，那个所谓小镇中的人和物、所有的东西都是虚拟的，只有少年 A 和 B 是真实的存在。根据 B 的所作所为，他的判决将是回到那个不再有人的小镇，终身与废墟同行。而少年 A 则会被送往一个更加平静的地方，继续他的旅程。

魔味

九木/文

我，曾是一名 IT 技术男，大学毕业后，凭借优异的学科成绩和对编程的热爱，进入了一家专门开发 VR 技术的科技公司，负责 VR 技术的程序设计。如今的 VR 技术已经很成熟，一副智能眼镜，就能让佩戴者随时随地在虚拟世界畅享，这也让人们对 VR 技术的依赖超过了手机。

我，还是一个孤僻的人，不善与人交往，每天的生活就是两点一线，公司和家，除了公司的年会，我基本不会参与任何活动。也正因此，我在公司干了多年，依然在原地踏步，没升职，没加薪，更没有朋友。

不过无所谓，对我而言，朋友都是可有可无的，他们的存在与否都不会影响到我的生活，反而家庭对我来说是最重要的。

我很幸运，娶了一个漂亮的妻子。她曾经是我的邻居，有一次正巧在电梯里遇到了她拿着电脑去修，我主动帮她修好了，就这样我们认识了。呵呵，一个老土的邂逅桥段，但却真的发生了。她是一个好女孩，开朗活泼，和我孤僻的性格完全相反，或许正是由于这种互补的性格，她爱上了我，我也爱上了她。

然而事与愿违，我们的婚后生活并没有想象中幸福。她的花销很大，一年不到就把我的存款花得“见了底”，还嫌我不会赚钱，甚至扬言要离婚。

离婚？我怎么会答应，我那么爱她，绝对不会同意离婚。为了挽留她，我没日没夜加班工作，甚至在外面接私活儿，尽我最大努力满足她，但她和她父母却仍不满足。他们成天奚落我，嫌弃我没用，她也开始夜不归宿，每天早上都会有不同的男人开着车把她送回家。

每当我在窗口看到这样的情景，我的内心就会升腾起一股嫉妒的怒火，然而表面上我却要装作什么也没看见，继续跟她生活下去。因为我爱她，爱得太深，深到可以为她放弃一切，甚至男人的尊严。

虽然我阻止不了她，但我至少可以发泄，因为再不让我心中的怒火找到出口，我怕我会疯了。我运用编程技术，制作出了一套只属于我的发泄程序。

在寂寞孤独的夜晚，每当想起她正投入别的男人的怀抱时，我就戴上 VR 眼镜，进入那个由我创造出的虚拟世界。在这个世界里，拥有一个和我现实中一样的家，家里有她和她的父母，他们正和乐融融地坐在沙发上看电视，我手里拿着刀，用钥匙打开门，他们看到我后非常惊讶，可是还没等他们反应过来，我已经拿着刀冲了过去，第一刀就刺中了她父亲的心脏，她和母亲吓得朝里屋跑去，我追上去，毫不犹豫地一刀从她母亲的后背刺入，她乘机跑进了卧室，反锁了门。但此时我已经杀红了眼，铆足了全身力气，两脚踹开了门，她吓得蜷缩着身子哀求我，早知今日何必当初，我毫无怜惜地挥刀砍去。最后，我还不忘再给她父母补上几刀，以防留下活口。

“呼！”我长舒了口气，摘下眼镜，内心的

阴霾随着“game over”而消散了。然而这样的消散只是暂时的，每当我再次站在窗边看到她和别的男人在一起，内心又会被阴霾迅速包围，我只能再次戴上 VR 眼镜，重复着那一系列的环节。

接下来的每一天，我仿佛着了魔一般，每天都要在虚拟世界里重复进行着发泄，渐渐我发觉我居然离不开那血腥的场面，我甚至能闻到从那虚拟世界里散发出的鲜血的味道，我变得像只嗜血的野兽，想要伸出舌头去舔，去吸，直到……

“赵士衡，你涉嫌谋杀你的邻居范晓蓉一家三口，这是逮捕令。”

当警察给我戴上手铐的时候，我的梦醒了。

原来我压根就没有结婚，除了帮她修电脑和在窗口看到男人送她回来，其余的一切都是 VR 技术给我带来的幻觉；不对，是我自己的臆想；不对，是先有了臆想，接着我才编出了一套 VR 程序；也不对，如果只是臆想和程序，那杀人又是怎么一回事？难道我还在虚拟的世界？还是我过分依赖，已经把虚拟和现实混淆了？

我，曾是一名 IT 技术男，如今，过度的依赖和沉迷让我变成了一个被认定为患有精神病的杀人凶手，我开始变得更加迷茫，到底科技改变了什么？

异星文明

琴月晓 / 文

他们又在摆弄着各种设备，那意味着再过一天，将会是我的末日。我流下悔恨的泪水，后悔十年前不应该发起寻找异星文明的研究。

由于人口和环境等问题日益严峻，我们一直致力于寻找适合移居的星球，和能够交流科技的异星文明。我永远无法忘记，当年探测器发现来自那颗星球的信息那一刻，整个团队是多么兴奋。

探测器截获的是一段未知的语言，我们无法得知，那是对方自主发出的信息，还是对于我们常年向宇宙发送的信息的回复，但那是重大的发现，国家领导人联盟迫不及待派出了一队航空精英，前往那颗星球探索。

也就是在那不久以后，我们才知道所截获的其实是一段求救信息。那颗星球上，除了生物的语言和身体构成有部分差异以外，地理环境和科技水平等都和我们极其相似，但他们和我们一样，面临着生存威胁，而且问题远比我们更加严重。

经过一段时间的努力，我们得以成功沟通和交流，两颗星球的领袖决定共同合作，继续寻找解决各自危机的方法。如果存在那样的方法。

合作达成以后，我们的探索队回到了家乡，随之而来的，还有来自那颗星球的宇宙舰队——死神的舰队。

再次寻找宜居星球是一个长期甚至渺茫的目标。他们大限将近，再也无法负担等待的成本，于是决定启用紧急解决方案，只是那种方案，要以牺牲我们为代价。

接下来，我们仅有的资源被掠夺，同胞被关在实验室里研究，我们的整个星球，都成了那群强盗的救命稻草。

在那以前，我们都被对异星文明的憧憬和成功的喜悦冲昏了头，丝毫没有考虑过，处于电波另一端的，是如此残酷的种族，以至于赶在人口和其他危机爆发之前，我们将会被自己召来的侵略者毁灭。

距离被绑上试验台，还剩不到 12 小时，我坐在牢房一角，最后回忆着我的父母、兄弟，还有最爱的女人，他们体内呼吸二氧化碳和氧气的器官，全都被切除，尝试移植到侵略者身上，惨死于试验台。可是我已经不再害怕，因为明天，我将可以和大家相见。

恍惚间，那条当初预示着希望的死亡信息，再次在脑海中回响："紧急求救！我们是位于银河系距离太阳的第三颗行星——地球……"

标签

我掀开盖在尸体上的白布，父亲安静地躺在铁床上，手腕那块印着标签的皮肤不见了。我很后悔和朋友在疯玩，错过了父亲的电话，他一定有什么事情要告诉我。

目击者说，父亲是刚出公司的时候，被一群等在附近的暴徒杀死的，一定是他们割下了父亲手腕上的标签，要夺走所有的积蓄。作为"标签之父"，父亲连自己的标签也没能保住。

2020 年，各种付款方式层出不穷，互相之间的竞争达到白热化，直到父亲发明的"标签付款"

出现，垄断了所有线上和线下的支付市场。

这种方式会在皮肤底下植入芯片，分别与大脑和银行账户相连，然后在皮肤表面印上和商品条形码相似的独特标签，需要支付的场合，只要扫描皮肤上的标签，大脑确定就能从账户上扣除费用。

由于每个人的标签各不相同，数据库的中央处理器会自动辨认付款者身份，不需登录，不需密码，不会被复制盗窃或入侵，标签支付很快取代了其他方式。仅五年的时间，现金和银行卡的使用率大幅减少，大部分的资产变成了电子数据。

父亲账户里的积蓄没有被盗用。我们不禁怀疑，难道凶徒的目的不是钱？那究竟为何要割下父亲的标签？

门铃这个时候响了起来，是父亲被谋杀前寄出的快递。那让我想起了目击者的证言，凶手们是埋伏在公司门口等着父亲出来的，父亲一定预料到自己会出事，所以把暴徒们想要的东西用这种方式寄了回来。

拆开信封，里面是一块血已干涸，链接着芯片，印着标签的皮肤。

父亲自己割下了皮肤？

门外传来一阵阵巨响，一群暴徒拿着武器在打砸。我赶紧浏览随皮肤一起寄来的纸条，上面显示处理器失控，以芯片为媒介，用类似病毒的方式，通过脑电波控制人的大脑，“病毒”已经开始蔓延，负责研发“标签支付”的人员都已被控制，所以必须把处理器毁灭掉。

我抬起手臂，皮肤下的芯片闪着从未有过的亮光，频率越来越高，我知道那代表了什么，于是赶紧找来一把尖刀，抵在皮肤上。

手似乎不再是自己的一样，轻轻放下了尖刀，双腿也不再受指挥，朝大门方向走去。尽管我竭力想压住双手，但它依然打开了门锁。

几个表情呆滞的男人一拥而入，在屋内肆意破坏。门外漫天尖叫，人们像疯子一样狂奔互殴，那便是我看见的最后景象和最后的意识。

妻子的秘密

见手青／文

晚餐时间。

高平静静地吃着饭，安朵则相反，手指一直在桌板上点来点去。

高平轻轻咳嗽了一声，示意安朵工作也要适可而止。

“啊，抱歉。”

刚才还神情专注的安朵表情变得柔和起来，她关掉了桌上的窗口，问：“今天感觉怎么样？”

“身体没有什么奇怪的地方，医生也没有说什么。”高平说。

“是吗……的确有些人的体质对修补剂不敏感，需要多花一些时间。”意识到自己露出了忧虑的神色，安朵马上又挑起眉梢，故作轻松道，“不过听说比你身体养护花的时间长的也大有人在，不用太过在意。”

“嗯，”高平的面部几乎看不出来什么变化，只是停下了正叉着食物的叉子，他突然换了一个话题，问，“我去医院的这三天，你买了什么东西吗？”

安朵目光立刻移开了一点：“啊……你怎么……”

“今天有个快递员来送东西，说是之前遗漏的。”高平放下叉子，从储物柜里拿出一个高压密封罐，标签上写着“莱拉3型－液态芯片”的字样。

“买这么贵，又用不上的东西做什么？”

安朵的表情停滞了一瞬，随即恢复正常，自然地回答道：“因为很好奇嘛，想在主控电脑上试试看。”

“哦。”高平好像接受了这个解释，又继续问道，“那个快递员，他之前有没有什么奇怪的举动？”

安朵此刻像是来了兴致似的大口吃起东西：“没什么吧……嗯，他怎么了？”

“他问我你什么时候在家，还有一些私人喜好。”

安朵差点把刚送入口中的食物喷出来，赶紧说：“大概……大概是想让我办会员卡吧！”

“不要办，连这么贵重的货物都能漏送，没投诉他们已经很好了。”

高平说完，也继续吃起餐盘里的食物。

安朵看了看罐子，说：“嗯，也就是偶尔买一次试试……”

三天后，高平正在做晚餐，传来了门铃声。

从门上的投影，他看见了之前到访的快递员，那里还显示了他所属公司的信息和他前两次的到访记录。

“您好先生，请问安朵太太在家吗？”

快递员手上托着一个和上次同样大的盒子，毕恭毕敬地站在门口。

“不在。她又买了什么吗？”

“不是的，先生。这是制造商的赠品，由于我的疏忽……”高平没有在意对方说什么，而是看了看他的工牌，上面写着“平远－01－71－A”。

“你是机器人？”高平打断了对方的话。

“是的，先生。”

“是谁让你来这里的？”

“是我自愿来的，先生。”

“告诉我为什么来，不要说什么漏送快递这种鬼话。”

快递员沉默了一会儿，终于说：“先生，我爱上了您的太太，无论如何也想再见她一面。”

“你说什么？”高平突然觉得思路有点跟不上。

冷静下来后，他决定先诱导对方说出“想法”再做打算。

“你是怎么爱上她的？”

“一见钟情。”

“就是第一次送快递的时候了？你对她做了什么？”

“没有，先生，只是产生了一点麻烦。当我见到安朵太太时我就发现被爱情击中了，这让我系统损耗过度，造成了轻度瘫痪。是安朵太太叫公司修理员过来带走我维修的。”

“那么见到她后你打算怎么办？”高平问。

“我会想尽一切办法，让安朵太太也爱上我，先生。”

高平从啼笑皆非的感觉，开始觉得有点危险了，他认为有必要让对方消除这种想法。

“安朵太太已经是我的妻子了，你们不能相爱。”

“不是的，先生，法律上婚外情的对象并不包括机器人。”

“但是，爱情是要建立在对等的基础上，包括生理、心理和思维能力上的对等。”高平不想再给对方机会，也不再照顾机器人的处理能力，开始脱离了劝导的范畴，“作为机器人，你知道你所谓的‘爱情’不是一段模拟的程序吗？”

快递员的眼睑迅速开合，眼球开始无规律地摆动，过了一会儿他才说：“我无法向您描述，但我确定对安朵太太的感觉就是爱情，先生。”

“不可能的，机器人永远无法理解人类的心理，也无法模仿人类的思维的……即使真有那么一天，你能确信已经改变了思维模式的你还会爱上她吗？”高平说着，开始觉得自己也有点头晕。

这次快递员停滞的时间更长，只是眼睛活动的频率依然没有下降，仿佛陷入某种死循环。

在高平的逼视下，快递员最后只好僵硬地回答："这个，问题……我，暂时……无法得出结果，先生。"

高平看着他高速运动的眼球，突然觉得思考有些费力，他想快点结束这件事。

"那么，你应该优先完成自己的工作了，快递员先生。"

"您说得对，先生。"

快递员开始慢慢恢复正常，他离开前将盒子递向高平："请您代为签收，先生。"

"这个真的是制造商的赠品吗？"

"不是的，先生，是我想送给安朵太太的礼物，我的个人补给品，先生。"

"我们家用不上机器人补给，还是你自己使用吧。"

"好……好吧，先生。"

晚上高平向安朵说了白天的经过，本来想继续深谈下去，说到和爱情相关的思考时，安朵却开始向高平倾泻自己的感情。

受妻子的影响，高平原本就有些混沌的思路变得更加阻塞，激烈的情绪开始在身体里蔓延起来。

第二天早上。

安朵上班后，高平打开了主控电脑的影像记录装置。

无法下定决心从刻意回避的安朵口中问出答案，高平只好用这种手段，他想，至少可以知道安朵是不是也爱上了那个机器人快递员。

当看到昨夜两人准备亲热前的画面时，高平又觉得身体中有些燥热，索性加快了播放速度。

突然，他的手停住了。

影像中的自己，眼睑在那一刻突然开始快速开合，眼球朝着不知道什么方向微微颤动着……就和他现在一模一样。

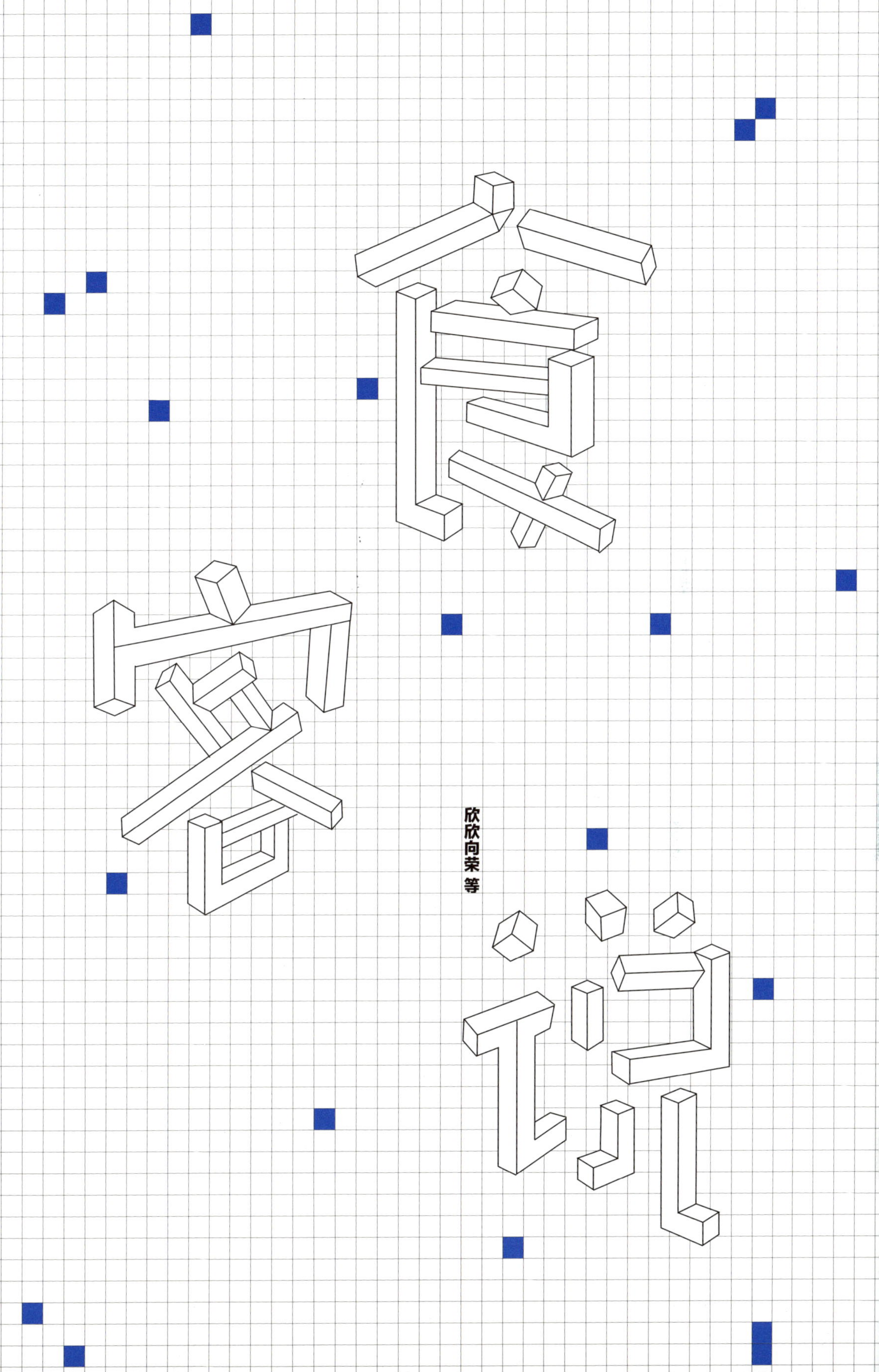
食客说
欣欣向荣 等

变身大圣驰骋天地、和机器人聊天、可悬浮蓝牙音响、无人机送快递……

——红茶 or 绿茶

中国出现了出勤空巴，天空的空，中巴的巴，就是客运量特别大的直升机。一到早上七点半，一线城市天上就响起经久不息的直升机飞翔声。那些白领，住的都是一个公司的宿舍楼盘。到了时间，大家都在楼顶上排队，登上直升机。然后直升机飞十好几分钟，飞到公司大厦楼顶，白领们一个一个下直升机，坐电梯去各楼层上班。

——不会游泳的企鹅

希望未来没有战争，希望未来还有人手写信，希望未来会有人记得我。

——疯子琪

希望未来对于我这样的记忆力困难症患者，能有一种仪器帮助我，通过扫描一本书的时间就可以掌握书的全部内容，并能快速筛选整合，在需要的时候信手拈来，灵感创意自动生成。这样就可以快速有效地读好多书并为自己所用啦。

——June

有一种芯片，植入大量知识，去学校只用学习技能。机器人到处都是，外星人与人类和平相处，宇宙扩展无边无际，人们的旅行是星际间的。

——心在。梦成

XXXI FESTIVAL DE OTO

我心中的未来世界，人们保护环境的意识更强，随处可见蓝天、白云、绿草和可爱的小动物，科技力量更加强大，粮食、蔬菜都可以立体家庭种植，物质极大丰富，生活更加智能，人们不用因为自己的贪婪去破坏大自然，不会你争我夺！

——明月紫竹

未来是否会有“任意门”？！打开门后的世界，不再有成绩、任务、水电和房租……没有压力，没有烦恼，没有原则……“放肆”地感受自己想象的奇幻世界……再体会一次那一去不复返的纯真时光。

——司望

我希望将来的世界，可以不需要交警的指挥，当行人过马路的时候呢，地面会有感应，这样子车就会停下来让行人先过。

——王小萌

在办公地点和家建立一个空间传送点，直接零秒去上班！不是有什么分子技术、空间黑子吗？

——蛋超 TAT

在未来，爷爷奶奶们每个人都有一个哆啦 A 梦，有什么愿望都可以实现。

——初心

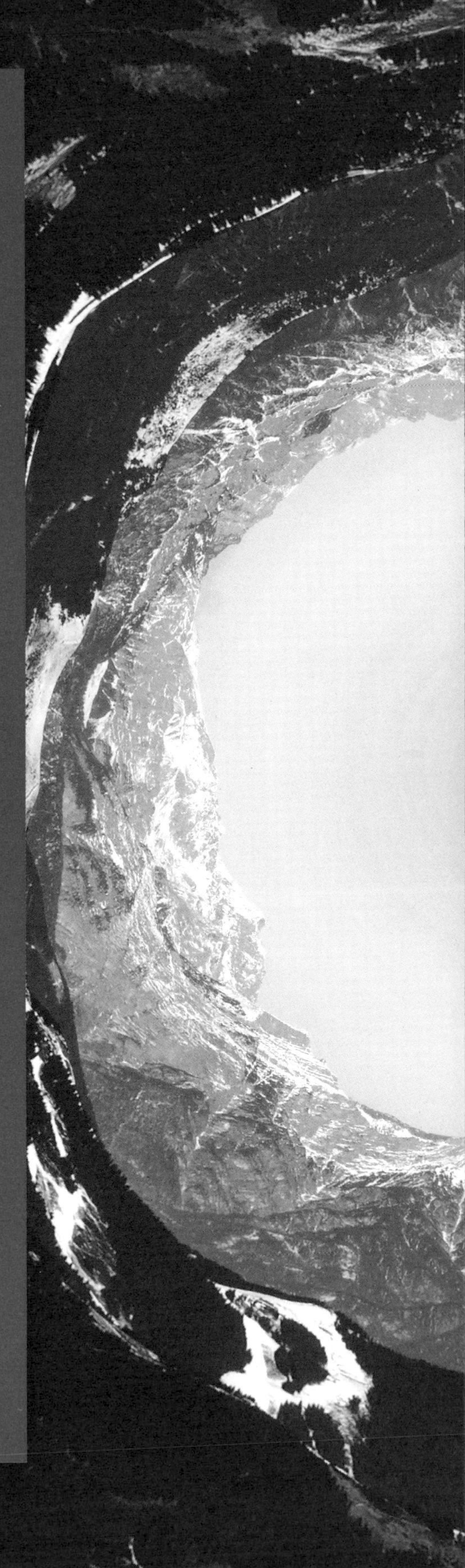

未来会有那种可自动选择做饭的锅，想吃什么口味的饭菜按了按键，川鲁粤苏浙闽湘徽菜之类的啊都可以做出来。

——苏小懒

未来的人器官会变得更加高级。鼻子，可以直接净化空气，吸入的都是新鲜空气；眼睛可以看到我们现在看不到的东西，比如灵体；耳朵也能听到更多。或许还会长出新的器官……

——向

我希望未来有一种药，可以让坏人变好人。

——刘云哥

自动将脑中想的打印出来。

——7years

在未来，人们拥有奇思妙想的大脑，可以凭借着大脑想象，用眼睛描述，制造出属于自己的创作物品，像神笔马良一样。

——殇人

未来会不会出现自动洗头机，冬天太冷，夏天太热，工作太累，生活太忙……躺下就可以洗头了，而且成本低廉，还拥有按摩功能？

——欣欣向荣

作者简介

（按目录顺序排列）

刘慈欣

高级工程师，山西省作家协会副主席 ，阳泉市作家协会副主席，中国科幻小说代表作家之一。

作品《三体》三部曲被普遍认为是中国科幻文学的里程碑之作，将中国科幻推上了世界的高度。2015 年 8 月 23 日，《三体》获第 73 届世界科幻大会颁发的雨果奖最佳长篇小说奖，为亚洲首次获奖。2017 年，凭借《三体 3：死神永生》获得轨迹奖最佳长篇科幻小说奖。

马伯庸

著名作家，出版有长篇小说《风起陇西》。随后的《三国机密》《三国配角演义》《古董局中局》以及《长安十二时辰》等作品，奇妙的想象力与流畅的文笔在读者中引起了巨大的反响。

《风雨〈洛神赋〉》获 2010 年人民文学奖散文奖。《破案：孔雀东南飞》等短篇获 2012 年朱自清散文奖。《古董局中局》入选第四届中国“图书势力榜”文学类年度十大好书。

蔡骏

中国作家协会会员，上海网络作家协会副会长。擅长悬疑推理题材的类型文学创作，已出版了《镇墓兽》《宛如昨日》《谋杀似水年华》《天机》等三十余部长篇小说和五部中短篇小说集，总销量突破 1400 万册。

2014 年凭借《北京一夜》获得了年度最佳短篇小说奖，随后在 2015 年获得了“茅台杯”小说选刊奖和《小说月报》百花文学双年奖。在 2016 年获得了《上海文学》短篇小说奖并凭借《眼泪石》获得了当年的郁达夫小说奖短篇小说奖提名。

郝景芳

经济研究员，著名科幻作家。2013 年起在中国发展研究基金会工作，研究领域为宏观经济和社会政策。

自 2006 年起开始发表小说作品，包括科幻小说和现实主义小说。曾出版长篇小说《流浪苍穹》《生于一九八四》，短篇小说集《去远方》《孤独深处》《人之彼岸》，文化散文集《时光里的欧洲》。2016 年 8 月，凭借小说《北京折叠》获得第 74 届世界科幻大会雨果奖最佳中短篇小说奖。

哥舒意

青年作家，中国作家协会会员，上海作协签约作家。作品在《收获》《萌芽》《超好看》《坚果小说》《ONE·一个》《悬疑世界》《青年作家》等文学杂志和阅读类 APP 发表。获得过首届 99 读书人“世界文学之旅”长篇小说金奖，“新小说家”文学新锐奖。部分作品已经推向国际，并获得良好反响。

出版作品有“爱的三部曲”系列：《如果世界只有我和你》《沉睡的女儿》《中国孩子》；“音乐三部曲“的前两部：《恶魔奏鸣曲》《夜之琴女与耶稣之笛》。

永城

中国商业犯罪间谍小说第一人。代表作《国贸三十八层》《秘密调查师》系列小说、科幻长篇《复苏人》。

曾就读清华大学机械工程系，后留美获取斯坦福大学全额奖学金。硕士毕业后在硅谷任机器人工程师。

2006年加盟被誉为“华尔街神秘之眼”的全球顶尖商业风险管理公司，从事商业尽职调查、反欺诈调查及企业安全及危机管理，数年间，从普通调查师升任副执行董事，领导中国区业务。现全职从事小说及电影剧本创作。

高普

生于台湾桃园。是两岸文学PK大赛首奖、温世仁武侠小说赏短篇首奖、长篇评审奖得主。角川轻小说短篇决选入围、台湾推理作家协会征文奖决选入围。曾在台湾出版《轴心失控》《索菲亚血色谜团》《钟鼎江湖》等书。曾于北京任职制造业，作品已针对大陆读者的喜好进行优化。现专职创作。

消失宾妮

作家、编剧。毕业于中央戏剧学院戏剧文学系。以“情”见长，好写“志怪”故事，喜一切光怪陆离事，收集、揣摩、体味，以达“思辨”。

出版有小说作品《四重音》《孤独书》，散文集《葬我以风》等。

伊村松鼠

80后作家，大学期间开始从事幻想类小说写作。作品曾发表于《新蕾》《最小说》《男生女生》（金版）等多部杂志。

个人新作《末世探脉人》系列第一部获得首届世界华语文学悬疑大赛长篇作品“最具IP价值奖”，并将在2018年出版。

需要风

90 后作者，笔法温柔细腻，擅长科幻悬恐类小说，主要作品有《青花瓷瓶》《听见》《图》等，见刊于《惊悚 E 族》《科幻星云网》《悬疑世界》《收获》等杂志及网站，现为世界华语悬疑协会会员。

说夜

原名代天宇，四川成都人。光年奖、科联奖得主。豆瓣征文大赛决赛入围。作品发表于《科学画报》《蝌蚪五线谱》《羊城晚报》《壹读》《智造未来》《不存在日报》《爱玩 APP》等平台。短篇入选短篇集《当时我就震惊了》《幻海听风》《北极往事》。现从事创意行业。

黑夜漫步

80 后作者，作品有《呼吸》《嬗变》等。

小说迷，曾经非常迷恋川端康成的小说，当然，各种各样的小说都读过不少，现在基本混迹于悬疑、科幻等类型小说圈子。

“对现在的我来说，写小说的过程更像是迈着眼前一级级台阶，不断地向上行走的过程。希望能够创作出令自己和读者都满意的作品。”

黑桃

初以绘制 CG 插画入行，作品多见于《雪漫》《午后》等杂志，作品《双鹤太极图》立为道源圣城标志。

2008 年涉足文学，文风诡秘多变，内容涉猎广泛，文学作品多以奇幻、悬疑、推理为主，将六爻梅花与量子力学，传统文化与宇宙星象完美结合，在读者间引起了巨大的反响。中短篇小说连载于《今古传奇》《男生女生》等杂志，已出版悬疑小说《龙香传》《十二金剪》。

田烨然

90 后小说作家，在《胆小鬼》《今古》《悬疑世界》系列杂志发表过多部短篇小说，2015 年参与 90 后创意小说大赛并获得 60 强入围名单，近期于《ONE·一个》上发表多篇作品，代表作《煤运昌盛》《审讯者》《生无可依》等。擅长悬疑类、魔幻现实主义中短篇。

君眉

绰号数学大喵，出生在 80 年代的上海。大学时代开始写作，从一些短小精悍的推理小说开始，慢慢形成了自己的风格。

对于每日和数学逻辑打交道的她，小说的创作构思依旧来源于生活。许多从事理工类职业的作家所写的小说中都会充斥着大量新奇的、科技类的元素，但剥离了那些包装，其实真正能打动人的还是人物。她对未来世界的构建中，人物的命运和抉择，是最高也是唯一的主题。

九木

2008 年完成处女作中篇故事《七日降》并发表，次年又发表了作品《聊天室里的恶魔》，此后相继出版了《重案追踪》《重案缉凶》《罪终难逃》等作品。

早期作品偏向推理，为了让作品能够引起读者共鸣，之后的作品加入了更多揭露人性阴暗面的元素，并充分结合现实生活的真实事例。

琴月晓

80 后中二病兼懒癌晚期作者。

最喜欢悬疑、咖啡和英语，又不愿意接受朝九晚五的工作，因此选择成为一名英语教师，利用假期繁多的便利，喝着咖啡写作。所创作的《神秘调查团》系列、《逃脱》和《半脸》等小说作品刊登于《悬疑世界》和《今古传奇》等杂志；为光线影业电影《午夜列车》创作的小说《列车惊魂》被制作成广播稿，由艾宝良老师献声，见于土豆等多个知名网站。

见手青

另有笔名白石 new，成都传媒人，现为职业作者。曾获鲜网新人王银奖，参与多部动漫游、影视及文学项目创作，游戏《刀剑契约》，电影《爱，在洞庭》，儿童文学《龙马神灯》《贵族狗寻根记》《鼠老大》等曾输出多国语言版权，多部小说作品授权影视节目制作。

图书在版编目（CIP）数据

罗生门·未来 / 蔡骏主编. -- 北京 : 作家出版社，2018.8

ISBN 978-7-5063-9896-1

Ⅰ. ①罗… Ⅱ. ①蔡… Ⅲ. ①作品集 - 中国 - 当代 Ⅳ. ①I14

中国版本图书馆CIP数据核字（2018）第025165号

罗生门·未来

主　　编：蔡　骏
统筹策划：汉　睿
责任编辑：汉　睿　翟婧婧
特约编辑：藤笛笛
装帧设计：棱角视觉
出版发行：作家出版社
社　　址：北京农展馆南里10号　　邮　　编：100125
电话传真：86-10-65930756（出版发行部）
　　　　　86-10-65004079（总编室）
　　　　　86-10-65015116（邮购部）
E-mail:zuojia@zuojia.net.cn
http://www.haozuojia.com（作家在线）
印　　刷：中煤（北京）印务有限公司
成品尺寸：170×240
字　　数：150千
印　　张：13.5
版　　次：2018年8月第1版
印　　次：2018年8月第1次印刷
ISBN 978-7-5063-9896-1
定　　价：48.00元